별
로
가
다

차례

내가 죽다 … 6
그곳엔 섬 같은 숲이 있었다 … 16
참회 … 22
천마산 보덕암 … 30
보이는 것이 전부가 아니다 … 35
의혹 … 48
나는 나였다 … 55
마음 … 66
바름에 대하여 … 74
솔바람 소리 … 86
청년 유기상 … 93

바만사	104
외로운 늑대	109
돌아온 미도	112
우리끼리 산다는 것	123
마음집의 실체	131
왜 살아야 하는가	138
별로 가다	144
대한민국 국민에게 고합니다	152
엔딩 노트	159
작가의 말	166

내가 죽다

    소용돌이치곤 너무 부드러웠다. 걷잡을 수 없이 빠져들고는 있었지만, 소용돌이는 나를 집어삼키는 것이 아니라 살포시 감싸는 것이었다. 그래서일까. 형용할 수 없는 포근함은 오히려 혼돈이었다. 왜냐하면, 소용돌이는 절대 그런 것이 아니기 때문이었다. 벗어나야 한다는 생각도 있긴 했지만 아주 잠시였던 것 같고, 난 이내 솜털처럼 아늑하고 부드러운 느낌에 안주하고 있었다.

    그제야 난 나를 감싼 소용돌이가 액체나 기체가 아니라는 것을 알아차렸다. 놀랍게도 그것은 천천히 회전하는 밝은 빛의 고리였다. 그 속에서 난 침잠하는 것이 아니라 위로 솟구치고 있었다. 무언가 비정상적 상황임이 확실했다. 빛이 휘어져 원을 그리는 것이나, 내가 중력을 거슬러 오른다는 것은 정상이 아니었기 때문이었다. 하지만, 빛은 여전히 빠르지도 늦지도 않게 회전했고, 난 그 속을 등속으로 떠오르고 있었다. 작은 흔들림조차 없는 수직의 상승이었다. 어이없게도 그것은 나의 죽음이었다. 그날은 2022년 4월 1일이었다.

    "형님, 엔간하면 저한테 넘기세요."

집요했다. 강득구 사장은 벌써 한 달째 나를 찾아와 건물을 자신에게 넘기라고 졸랐다. 때마침 도시계획 변경으로 10층은 너끈했으니, 안 그래도 많은 사람이 눈독을 들이던 참이었다. 강 사장도 그런 사람 중 하나였다. 다만, 그는 20년 전 내가 건설회사를 처음 차렸을 때부터 알고 지냈으니, 피차 알만큼은 아는 사이였다. 그럼에도 우리가 속마음을 나누지 않았다는 것은 그나 나나 각자의 이익을 위해 필요한 존재 이상은 아니라는 뜻이었다. 하긴, 그 이상의 신뢰가 있었다면 그가 그렇게 노골적 야욕을 드러내지는 않았을 것이었다.

딴은 그의 마음을 전혀 이해할 수 없는 것은 아니었다. 그 험한 건설현장에서 부도 한 번 없이 20년을 버틴 내가 금싸라기 상가건물을 고시원으로 개조한다고 했으니, 이해할 수 없음은 당연할 것이었다. 그렇게 썩일 것이라면 20년을 같이 한 자기에게 넘기라는 말은 그래서 나름대로 일리가 있었다.

"오피스텔을 지어도 평생 돈만 세다가 돌아가실 분이 이러시니 답답합니다. 뭔 꿍꿍인지 모르겠지만, 정말 야속하네요."

"강 사장, 미안해. 이건 내가 꼭 해야 할 일이라네. 그러니 더 이상 그 얘기는 하지 마시게."

빛의 터널은 그리 길지 않았던 것 같다. 천천히 회전하는 빛이 참 장엄하기도 하다고 생각한 순간, 홀연 파란 하늘과 하얀 구름, 그리고 끝없이 펼쳐진 푸른 초원이 이어졌기 때문이었다. 한 번도 보지 못했던 완벽한 원색의 풍경이었다. 초원을 쓸어 온 싱그러운 풀 내음과 형언할 수 없는 꽃향기도 처음이었다. 그 속으로 동화처럼 하얀 오솔길이 드리워져 있었다. 누구도 말해 주지 않았지만, 그 길은 나를 위해 예비한 것으로 보였다. 왜냐하면 그곳엔 나뿐이었기 때문이었다.

"당현구청 독일 병정 기억하세요?"
 강 사장이 자리에서 일어나며 뜬금없이 대화 주제와는 상관도 없는 말을 던졌다. 그의 말투는 평소보다 더 퉁명스러웠고 얼핏 증오심까지 느껴졌다.
 "독일 병정이라니? 이 팀장 말인가?"
 "그래요, 이 팀장. 다 세워 놓은 교각에 재시공 명령 때린 놈이요. 아마 형님도 그때 똘똘한 아파트 두어 채는 날아갔을걸요. 그 지독한 놈이 글쎄 중이 됐더라고요."
 강 사장의 의도가 빤히 들여다보였다. 그것이 그의 한계였다. 좀 더 눅진하게 참지 못하고 제풀에 속내를 드러내 보이고 마는 것이었다. 이번에도 그는 앞뒤 맥락 없이 미도를 들먹였다. 미도가 스님이 된 것을 불행이라고 판단한 모양이었다. 설사 그렇다 해도 그것은 나와 무관한 일이었다. 그런데도 그는 기어이 미도가 스님이 된 것을 나와 연결 지었다. 너도 미도처럼 될 수 있으니 조심하란 암시였다.

 돌연 숲이 나타났다. 숲은 초원을 떠다니는 작은 섬 같았다. 검불 하나 보이지 않는 원색의 초록이 소담한 숲이었다. 언제부터였는지 숲 앞에는 깊이를 알 수 없는 연못도 있었다. 도무지 맥락이라곤 찾아볼 수 없이 전개되는 상황이었지만, 난 이 상황을 순순히 받아들이고 있었다. 그때였다. 분명 아무것도 없었던 연못 위로 통나무 다리가 나타났다. 마치 처음부터 그 자리에 있었던 것처럼, 옹이조차 선명한 통나무 다리였다.
 다리에 올라선 순간 어느새 연못은 호수처럼 넓어져 있었고, 몇 걸음이면 족히 건널 줄 알았던 통나무 다리도 그만큼 늘어나 있었다. 그러나 이 황당한 상황조차 나는 전혀 궁금하지 않았다. 어떻게든 다리를 건너야 한다는 생각뿐이었기 때문이었다. 중간쯤이나 왔을까. 부드럽지만 저항할 수 없는 힘이 나를 감쌌다. 힘은 나를 공중으로 띄워 연못을 향하게 했다. 실제 그랬는지는 명확하지 않지만, 적어도 난 그렇게 느끼고 있었다. 안개가 걷히듯 깊이를 알 수 없었던 파란 연못물이 서서히 투명해지면서 눈에 익은 장소가 나타났다. 두 달 전 수주한 포천 운악산의 도로공사 현장사무실이었다. 그곳에 내가 있었다. 아무도 없는 차디찬 컨테이너 바닥에 젖은 빨래처럼 내가 널브러져 있었던 것이었다.

그제야 난 내 손을 눈앞으로 들어 올려 보았다. 눈앞에 있는 것은 왼손 검지의 흉터가 선명한 틀림없는 내 손이었다. 그러나 손바닥이 흐물흐물 물처럼 투명해지더니 다시 파란 연못이 나타났다. 손을 의식하면 손이 보였고, 현장사무실을 의식하면 현장사무실이 보였다. 하지만 내 마음은 어떤 동요도 일지 않았다.

기억은 명징했다. 규모는 크지 않았지만, 오랜만에 수주한 관급공사여서 내가 직접 현장점검을 하던 참이었다. 설계 도면을 확인하던 중, 난 갑자기 가슴을 쥐어짜는 듯한 극심한 통증을 느꼈었다. 이삼일 전부터 가슴이 답답하긴 했었지만, 그것이 죽음의 징조일 줄은 꿈에도 몰랐었다. 어이없게도 죽음은 그렇게 불시에 찾아들었다. 사무실의 벽시계는 오후 2시 22분이었다.

2시 51분. 순식간에 29분이 지나고, 노선 점검을 나갔던 측량팀이 복귀했다. 먼저 들어온 김 소장이 엎어져 있는 내 모습을 보고 멈칫하자, 뒤따라오던 정 대리가 김 소장을 밀치고 달려들었다. 그는 망설임 없이 나를 뒤집어 놓고는 가슴에 귀부터 대어 보았다. 그러더니 119를 부르라고 소리치며 대뜸 CPR을 시작했다. 몸집 큰 정 대리가 마치 펌프질이라도 하듯 양손으로 내리누를 때마다 내 가슴은 부서질 듯 푹푹 들어갔다. 난 속절없이 출렁이는 내 몸을 무심하게 바라볼 뿐이었다.

　강 사장은 인사도 없이 팩하고 사무실을 나갔다. 전처럼 다시 오겠다는 말이 없었으니, 어쩌면 내일부터는 그에게 시달리는 일이 없을지도 모르겠다. 조금은 미안하기도 했지만, 제발 그랬으면 좋겠다는 생각이 먼저 들었다. 건물은 10여 년 전 공사비 대신으로 받은 것이었다. 받았다기보다는 시행자였던 건물주가 파산하기 직전 재빠르게 압류해 그나마도 확보할 수 있었다. 목이 괜찮은 4층 상가였지만, 공사비에는 훨씬 미치지 못했었다. 그럼에도 내가 실망하지 않았던 것은 그거라도 건진 사람은 나뿐이었기 때문이었다.

　될 놈은 된다고 했던가. 최근 생각지도 않았던 도시계획이 변경되고, 백화점까지 들어오면서 상가 주변의 부동산 시세가 무려 열 배는 뛰었다. 웬만해선 흔들리지 않았던 나도 두근대는 가슴을 주체할 수가 없었다. 대충 용적률만 따져도 10층 이상은 너끈했기 때문이었다. 금방이라도 재벌이 될 것만 같았다. 무엇보다도 내 사옥을 가질 수 있다는 욕심이 나를 들뜨게 했었다.

　그러나 조급한 마음에 설계사무소 몇 군데를 타진했던 것이 실수였다. 속칭 개발업자들이 냄새를 맡은 것이었다. 강 사장도 하루가 멀다고 찾아오는 사람 중 하나였다. 대부분 건축공사를 무상으로 해 줄 테니, 임대권을 나누자는 제안이었다. 정치인을 앞세우거나, 저돌적인 선물 공세부터 하는 이들도 있었다. 그러던 중 내가 폭탄선언을 한 것이었다.

"우리 건물은 매도나 재건축을 하지 않습니다. 상가 입주자들과 계약이 끝나는 가을부터 고시원으로 개조할 예정입니다."

조금이라도 세상 물정을 아는 사람이라면 상상도 할 수 없는 말이었다. 엄청난 부를 창출할 것이 확실한 기회를 스스로 차 버리는 것과 마찬가지였기 때문이었다. 특히 내 성향을 아는 사람들은 뭔가 교활한 속셈이 있을 거라는 소문까지 냈다. 소문은 건설회사를 성공적으로 키워 온 내 수완과 겹쳐 사실처럼 퍼져 나갔다. 그러나 난 이미 빌딩을 올릴 생각은 깨끗이 지워 버린 뒤였다. 부채 하나 없는 튼실한 회사까지 매물로 내놓고서야 내 선언이 사실이었다는 소문이 돌기 시작했다. 동시에 나는 미친놈이라는 꼬리표를 하나 더 달아야 했다.

연기처럼 홀연히 나타난 이가 있었다. 엄마였다. 눈부시게 하얀 치마저고리를 입은 엄마는 섬 같은 숲을 배경으로 서 있었다. 너무도 가볍게 나를 안아 올리던 주름 한 점 없는 젊은 엄마가 조용히 나를 바라보고 있는 것이었다. 난 엄마에게 달려가려 했지만, 가위라도 눌린 것처럼 꼼짝할 수가 없었다. 여전히 거대한 힘이 나를 옥죄고 있었기 때문이었다. 난 괜한 서러움에 엄마를 바라보았다. 엄마는 무엇이든 해결할 수 있을 것 같아서였다. 하지만 엄마는 여전히 그윽한 눈빛으로 나를 바라보기만 할 뿐이었다.

통증은 온몸을 바늘로 찌르는 것처럼 극심했다. 발가락 끝에서 정수리까지 이어지는 예리한 아픔에 난 몸을 움직이는 것은 고사하고 상황을 파악할 엄두조차 낼 수가 없었다. 마치 비어 있던 혈관에 강제로 유리 가루를 주입하는 것처럼, 통증은 혈관을 타고 몸 구석구석을 점령했다. 아픔도 익숙해지는 걸까. 얼마나 지났는지 모르겠지만, 통증이 조금 무뎌지고서야 난 소리를 들을 수 있었다. 소리는 양철판을 연달아 찢는 것처럼 날카로웠다. 내가 눈을 떴던 것은 그 소리가 구급차의 사이렌 소리라는 것을 의식하면서였다.

그때 내가 비명을 질렀는지는 확실치 않지만, 처음 눈에 들어온 것은 이글거리는 괴물의 눈빛이었다. 주황색 헬멧과 하얀 마스크 사이로 두 눈만 빼꼼하게 드러났으니, 그 눈빛이 아무리 자애롭다고 해도 놀라지 않을 수는 없는 일이었다. 다행히 헬멧의 선명한 119 표시와 사이렌 소리로 이곳이 구급차 안이며, 내가 어디론가 급하게 옮겨지고 있다는 것을 짐작할 수 있었다.

"선생님! 제가 보여요? 이거는요?"

안 그래도 통증과 답답함으로 고통스러운데 마스크로 걸러진 구급대원의 목소리는 답답함을 더했다. 그는 하얀 비닐장갑을 낀 손을 내 눈 앞에 바짝 들이대고 바이바이 하듯 흔들어 보이기도 했다. 그러나 난 여전히 몸을 움직일 수가 없었다. 다시 또 숨이 멎어버릴 것만 같았기 때문이었다.

상황은 병원에 도착해서야 제대로 파악할 수 있었다. 가슴은 여전히 답답하고 묵직했지만, 주사 몇 대를 맞고 나니 정신은 비교적 맑아졌기 때문이었다. 너무 앳돼 신뢰가 가지 않는 응급실 주치의는 심근경색으로 인한 심정지였고, 고비는 넘겼으며 당장 스텐트 시술을 할 것임을 알려 주었다. 착하게도 그는 시술 방법과 부작용까지 지루하게 설명하고서야 서명을 요구했다. 언제 왔는지 서명은 아내가 대신했다. 어색하게 미소는 지어 보였지만, 화장기 하나 없는 핼쑥한 얼굴은 이 상황이 얼마나 심각했는지를 말해 주고 있었다.

"별거 아니래. 가슴에 스텐트 세 개 정도 할 거래. 전신 마취도 필요 없고… 삼사일 정도 입원하면 될 거래."

"그래? 그런데 여기가 어디야? 서울인가? 아까 운악산 현장에 갔었던 것 같은데."

"의정부 성모병원이야. 포천병원에서 응급처치만 하고 이쪽으로 왔어. 현장사무실에서 잠깐 정신을 잃었었나 봐."

잠깐 정신을 잃었었다고? 의사가 이미 심정지였다는 것을 알려 주었는데도 아내는 굳이 내가 정신을 잃었을 뿐이라고 했다. 헐거운 회색 추리닝에 스웨터만 걸친 아내가 기를 쓰고 담담한 척 연기를 하고 있었다.

몇 개의 검사를 추가해 시술은 그날 저녁 바로 이루어졌다. 급하긴 했던 모양이구나 하는 생각은 들었지만 두려움은 없었다. 설사 죽는다고 해도 크게 다르지는 않았을 것이었다. 다만, 스텐트를 매단 와이어가 사타구니 안쪽을 뚫고 심장까지 올라온다고 생각하니 잠깐 소름이 끼쳤을 뿐이었다. 시술 부위에 대한 소독약의 기분 나쁜 차가움, 생각보다 아팠던 마취 주사, 사타구니로부터 심장에 이르는 혈관으로 차가운 무언가가 스멀스멀 기어오르는 듯한 느낌, 그리고 약간의 압박감, 의사와 간호사들의 간헐적 대화, 그들 중 누군가의 거친 숨소리… 시술 내내 의식은 또렷했지만 난 언제 시술이 끝났는지는 알지 못했다. 별일 아니었다는 듯, 막혔던 배관을 성공적으로 뚫은 배관공들이 나가자 비로소 난 내 몸에 매달린 장치들을 보았다. 과할 정도의 첨단 장치들이 나만을 위해 작동하는 것을 확인하고서야 난 내 상태가 심각했다는 것을 알 수 있었다. 뭔지도 모를 그것들을 주렁주렁 매달고 그날 밤 난 중환자실로 옮겨졌다. 말똥말똥 눈을 뜬 채였다.

꿈이 아니었음은 점점 분명해졌다. 난 죽었었고, 사후세계를 다녀온 것이었다. 엄마를 만났고, 엄마는 나를 아가라고 불렀었다. 환갑의 내가 아가였으니 엄마도 그만큼 젊고 건강했었다. 몇 걸음만 옮기면 엄마 품인데 이상하게도 거리는 좁혀지지 않았고, 어디선가 나타난 힘이 나를 막았었다. 힘은 바람처럼 부드러웠고 나를 완벽하게 구속했다. 속절없이 엄마와 나는 서로를 바라볼 수밖에 없었지만, 놀랍게도 우리는 바라보는 것만으로도 많은 대화를 나눌 수 있었다. 문제는 엄마와 나누었던 그 많은 대화가 지금은 하나도 기억나지 않는다는 것이었다. 끊어진 필름처럼 이어질 듯하면서도 기억은 끝내 이어지지 않았다.

범상치 않은 일은 또 있었다. 내 심정지 시간이 의학적 한계를 말도 안 되게 초과한 것이었다. 병원에서는 최대 5분 이내일 것이라고 단정했지만, 119 구급대원은 일관되게 최소 30분 이상임을 주장한 것이었다. 구급대원의 주장은 신고 접수 후 현장 도착까지 20분이었고, 환자를 이송하던 중 정확히 10분 후에 심장이 돌아왔다는 것이 그 근거였다. 하지만, 구급대원의 처치 내용은 끝내 받아들여지지 않았다. 의학적 불가능이란 것이 사유였다.

"내가 보았습니다. 내가 죽었던 것은 정확히 오후 2시 22분 이전이 확실해요. 난 분명히 쓰러져 있는 내 몸과 벽시계를 동시에 보았거든요. 저승 아니 사후세계에서요. 우리 측량팀이 들어왔던 건 2시 51분이니까 29분이 지난 뒤였어요. 김 소장은 119에 신고하고, 정 대리는 CPR을 시작했어요. 정말이라니까요."

의사들은 내 말을 들으려 하지도 않았다. 사후세계에서 죽은 내 모습을 보았다고 했을 때는 아예 미친 사람 보듯 했다. 거기에 구급대원이 주장한 시간보다 29분을 더 늘렸으니, 기도 차지 않았을 것이었다.

"알았어요. 그러니까 그것이 일시적 섬망기었다는 겁니다. 심정지 환자에게는 흔한 일이에요. 선생님이 매우 특별한 케이스이긴 하지만, 그렇다고 심정지 시간이 5분 이상은 아니었다고요. 만약 그 이상이었다면 선생님은 이미 다발성 장기부전으로 돌아가셨다고요. 심장이 다시 뛰는 것과 무관하게요. 알겠어요?"

난 그들과의 대화가 무의미함을 깨달았다. 그들은 대체로 나를 꺼렸으며 심지어 겁박하기까지 했다. 정말 그것은 섬망이었을까. 눈부시게 밝았던 하얀 빛의 터널. 티 없이 맑고 파랗던 하늘. 푸르른 초원 위에 섬처럼 떠 있던 신비한 숲. 돌아가신 엄마를 만난 것까지는 그렇다고 쳐도, 정 대리의 독특했던 CPR 동작과 구급대원의 특정 행동은 절대 환각이나 섬망일 수는 없었다. 난 주치의 몰래 정신과 상담을 받았다. 아무리 곱씹어 보아도 내가 겪은 일이 간단치 않아서였다.

"드물긴 하지만, 선생님처럼 유체 이탈로 자신의 주검을 보았다는 사례는 분명히 있습니다. 그들은 대부분 빛과 함께 돌아가신 가족분들을 만났다고 주장합니다. 학계에서는 그것을 임사체험 또는 근사체험이라고 하지요. 그렇지만 선생님처럼 그 시간이 그렇게 길 수는 없습니다. 왜냐하면 5분 이상만 심장이 멈춰도 뇌는 물론 주요 장기가 다 망가질 테니까요."

순간, 난 목덜미가 서늘해짐을 느꼈다. 마치 알아선 안 될 것을 알고 말았다는 느낌이었다. 반신반의했던 일들이 이젠 사실로 확인된 셈이었다. 두려웠다. 아무래도 내가 이 엄청난 사실을 감당할 수 없을 것만 같았다. 난 섬망이나 환각이 아니라 실제 죽었던 것이었다.

그곳엔 섬 같은 숲이 있었다

　조금 높은 건물이나 관공서 담벼락에는 예외 없이 의미심장한 구호가 365일 붙어 있었다. 주요 내용은 '중화학 공업육성' '기술 입국' '싸우면서 건설하자' '새마을 운동' '둘만 낳아 잘 기르자' 등이었다. 난 한글에 눈을 뜨면서 의미도 모르는 그 글귀를 마치 무슨 마법의 주문처럼 외우고 다녔었다. 왠지 모르게 그것들이 우리를 잘 살게 할 것이라는 믿음이 있었기 때문이었다. 번듯한 포장도로 하나 제대로 없던 나라에 경부고속도로 건설은 당장이라도 우리를 후진국에서 건져낼 것만 같았다. 이어 들려온 소양강댐의 준공 소식과 그 모든 기적이 '토목공학'에서 비롯됐다는 교장 선생님의 훈화에 토목기사를 향한 내 꿈도 시작되었다. 아마도 그것은 나뿐만이 아니었을 것이었다. 그날 아침 천 명이 넘던 순백의 소년들을 감동하게 했던 것은, 뭔지도 몰랐던 '토목공학'이었다.

　토목의 시대는 성장만큼이나 빠르게 쇠락의 길을 걸었다. 컴퓨터와 반도체의 시대가 도래했기 때문이었다. 잘 나가던 토목 기술자의 정년이 40대로 급격히 내리꽂혔다. 그렇다고 그 나이에 새로운 직업을 구하는 것도 쉽지 않았다. 교육이 제일인 나라에선 아이들 때문에라도 뭐든

해야 했다. 그래서 선택한 것이 창업이었다. 건설 경력이 십여 년이니 욕심만 내지 않으면 문제없을 것이란 자신감에서였다.

그러나 대기업의 울타리를 벗어나 하청의 하청으로 시작한 나에게 건설 현장은 가혹했다. 법과 규정보다 원청의 해석이 우선이었다. 말 그대로 건설 현장에서 원청은 신이었다. 처음 수급한 도로공사는 원가의 50%로 일을 할 수밖에 없었다. 결국 난 고작 다섯인 직원들의 인건비를 위해 살던 집까지 내놓아야 했다.

담합, 뇌물, 물량을 빼먹거나 재료를 속이지 않으면 회사를 유지할 방법이 없었다. 두 단계만 거쳐도 원도급액의 30% 이상이 다운되기 때문이었다. 현장은 한마디로 각다귀판이었다. 회사랄 것도 없는 작은 규모였지만, 순진하게도 난 창업의 모토를 '성실' '근면'으로 삼았었다. 그 단어가 이 나라를 가난에서 건져냈기 때문이었다. 하지만 첫 공사를 준공하던 날, 난 한 번도 의심하지 않았던 성실과 근면을 쓰레기통 속 깊숙이 버려야 했다.

적응은 빨랐다. 일하는 만큼 돈도 보였다. 직원 다섯으로 출발했던 회사는 그 배가 되었다. 굳이 회사를 키우려 하지 않았을 뿐이지, 시공 능력이 부족했던 것은 아니었다. 적어도 서울 지역 전문건설업계에서는 알짜배기 회사로 소문도 났다. 손해를 볼 때도 있긴 했지만, 그런 경우는 드물었다. 돈을 받지 못하면 하다못해 숟가락이라도 챙겨 나왔기 때문이었다. 고시원으로 개조하려는 4층 상가건물도 그렇게 확보한 것이었다.

"여보, 고마워."

처음 들어 보는 고맙다는 말에 아내가 화들짝 놀라 쳐다보았다. 일찍 저녁 식사를 마치고 오붓하게 차 한잔하는 자리에서였다. 이번 일을 핑계로 난 집에서 쉬고 있었다. 벌써 일주일이 되었으니, 입원 기간까지 합치면 열흘이나 되었다. 창업 후 하루 이상을 쉬어 본 적이 없었던 내게 열흘은 굉장한 사건이었다. 남이 보면 특별하게 성실하고 근면한 사람으로 보일 수도 있었겠지만, 솔직히 그것은 아니었다. 난 부지런하긴 했지만 선하지는 않았고, 성실한 것 같지만 그렇게 상도의를 존중하지도 않았기 때문이었다. 굳이 따지자면, 수단 방법 가리지 않고 오직 내 것만을 추구했을 뿐이었다.

"당신 왜 그래? 그깟 스텐트 몇 개 박았다고, 죽을 사람처럼 무슨 말이야?"

아내가 얼굴을 바짝 들이대고 말했다. 안 그래도 창백한 얼굴이 더 파리해 보였다.

"그냥 고맙다고. 나와 결혼해 준 것도. 우리 영준이를 낳아 준 것도. 그리고 내 옆에 있어 준 것도."

"어어, 이이가 점점. 왜 안 하던 소릴 하구 그래. 뭐 걸리는 일이라도 있어요?"

"아니, 그냥 당신이 고마워서."

아내의 커다란 눈망울에 금세 불안이 어른거렸다. 잠깐 망설이던 난 식탁 위의 아내 손을 슬그머니 끌어당겼다. 아내가 불안한 눈길로 마른침을 꿀꺽 삼켰다.

"여보, 영준 엄마! 이번에 생각한 건데, 나 회사 접을까?"

아내의 눈망울이 순간 크게 흔들렸다. 설마 했던 일이 사실로 벌어지자, 아내는 말없이 바라보기만 했다.

"당신 기억나? 내가 한국건설 베트남지사장으로 있을 때 당신이 영준이 데리고 와서 한 달 정도 놀다 갔지. 그때 우리 무슨 말 했는지 알아?"

"한 달은 조금 안 됐을 거야. 영준이 방학 때였으니."

"그래. 그때만 해도 우린 항상 그렇게 살 줄 알았지. 봉급쟁이로 떳떳하게 말이야. 당신이 그때 그랬었어. 우리 다옹다옹 살지 말고 오십 넘으면 세계여행이나 하자고."

"풋. 누가 앞일을 알았나. 당신이 세상에서 제일 바쁘신 사장님이 될 줄 상상이나 했겠냐고. 그래, 그것 때문에 센티했던 거야?"

아내가 조금은 안도했는지, 아니면 의도적인지 풋 하고 웃음을 터뜨렸다. 그러나 난 여전히 심각하게 말을 이었다.

"그러게. 정신없이 살다 보니 벌써 환갑이네. 왜 그렇게 모질게 살았는지. 당신과 영준이에게 미안하기도 하고. 그래서 말인데, 아무래도 이렇게 살아선 안 될 것 같아."

조금 풀어진 것 같던 아내의 얼굴이 다시 굳어졌다. 난 아내의 시선을 의도적으로 피하며 입을 열었다.

"내가 병원에서 말했던 거 모두 사실이야. 의사들은 내 말을 믿지 않았지만, 난 정말 그곳을 다녀왔어. 절대 섬망은 아니었다고. 더구나 엄마는 내게 무슨 말씀인가를 하셨어. 중요했던 것 같은데 그게 기억이 안 나."

난 아내에게 심장이 정지된 순간부터 다시 회복될 때까지 내가 보았던 것을 최대한 자세하게 설명했다. 표현은 안 했지만, 아내도 뭔가 개운찮은 점이 있었던지 귀를 기울였다.

"병원에서는 인정하지 않았지만, 119 구급대원들과 김 소장, 정 대리의 말은 모두 사실이었어. 그들은 신고에서부터 구급차 출동, 심전도와 제세동, 동공반사가 없었다는 기록까지 모두 제출했어. 나중에 들었는데 동공반사가 없다는 것은 뇌가 죽었다는 뜻이래. 그런데도 의사들은 의학적 한계라는 설명이 다였지. 왜냐하면, 그들은 무려 5분을 초과하는 심정지 시간을 인정할 수 없었을 테니까. 하지만 그보다 중요했던 건, 김 소장과 정 대리가 나를 발견하기 30분 전에 난 이미 사후세계에 있었다는 거야. 난 거기서 내 주검을 내려다보고 있었어. 그래서 김 소장의 허둥거리는 모습과 정 대리의 독특했던 CPR 동작, 그리고 벽시계의 시간까지 확인했던 거지. 나중에 내 말이 모두 사실이라고 그들도 말했잖아. 한마디로 난 한 시간을 죽어 있었던 거라고."

아내가 슬며시 내 손에서 손을 빼내었다. 난 계속 말을 이었다.

"그래서 말인데, 난 너무 잘못 살았던 것 같아. 분명히 사후세계는 존재했어. 그곳에서 엄마는 내게 무슨 말씀인가를 하셨고. 기억은 나지 않지만, 난 그게 어떤 말씀이었는지를 알아내야 해."

"그래서? 어떡하려고?"

잔뜩 움츠린 아내가 가라앉은 목소리로 물었다.

"지금은 나도 잘 모르겠어. 하지만, 이렇게 사는 것은 아닌 것 같아."

그날 밤, 난 진지하게 내 것을 정리했다. 살고 있는 43평 아파트와 4층 상가건물, 자동차 3대, 회사, 그리고 약 150억 원 정도의 은행 잔고가 전부였다. 난 그것으로 인해 부자라는 소리와 함께 지독한 인간이라는 말도 함께 들어야 했다. 그것은 내가 좋은 사람이거나 친절하고 너그러운 사람은 아니라는 의미였다. 난 그냥 부자였고 말 그대로 지독한 놈이었다.

난 그냥 솜털 같은 존재였다. 티 없이 파란 하늘, 하얀 구름, 푸르른 초원 사이에 난 바람처럼 존재했다. 생각조차 버거운 그곳엔 완벽하게 청량한 하늘과 초원, 섬처럼 소담스러운 숲이 있었다.

"회사는 팔려고 해. 부채가 없으니 금방 팔릴 거야. 상가는 고시원으로 개조하려고. 없는 사람들이 이용할 수 있게 말이지. 돈은 주면 받고, 안 주면 할 수 없겠지. 다만, 머무는 기간은 길지 않도록 할 거야. 그래야 다른 사람에게도 골고루 도움을 줄 수 있으니까. 이 부분은 구청과 협의하면 방법이 있을 테지. 당신과 영준이가 이해해 주면 고맙겠어. 아파트는 영준이 주고 우리는 고시원에 살고."

아내가 살짝 눈물을 흘렸다. 그렇다고 내 결심을 번복할 수는 없었다. 몰랐으면 모르겠지만, 난 이미 죽음이 끝이 아님을 알았기 때문이었다. 분명한 것은 이렇게 살아서는 안 된다는 것이었다.

"당신이 그렇게 판단했다면 그게 맞겠지. 당신은 그곳을 가 봤으니까. 하지만 조금만 더 생각해 보자."

아내가 젖은 목소리로 말했다. 고개를 떨군 아내의 목덜미로 하얗게 센 귀밑머리가 내 눈을 시리게 했다.

참회

　불현듯 강 사장의 말이 떠오른 것은 전문건설협회에서 나오던 길이었다. 회사를 내놨다는 소문을 들은 협회장이 만나자고 해서였다. 얘기나 들어 보자는 명분이었지만, 협회장은 자기가 인수하고 싶다는 속내를 숨기지 않았다. 사적인 친분은 없었지만, 재력가인 협회장이 인수한다면 나 역시도 거부할 이유는 없었다. 괜히 이것저것 신경 쓰는 것보다는 나을 것이기 때문이었다.
　'당현구청 독일 병정 기억하세요?'
　뜬금없이 강 사장은 미도를 끌어들였었다. 그의 이야기가 우리의 대화에 필요할 하등의 이유는 없었지만, 강 사장은 나에 대한 서운함을 무리하게도 그의 출가와 결부시켰었다. 이를테면 네가 그렇게 하면 너도 미도처럼 될 것이라는 경고의 에두른 표현이었다. 애초 말도 안 되는 소리였지만, 그것이 그의 방식이었다. 그래도 그 덕분에 미도와의 인연이 다시 이어졌으니, 내게는 행운이었다.
　미도는 나를 처음으로 위기에 빠뜨린 사람이었다. 자칫 회사가 무너질 수도 있었던 그 일로 인해 난 몇 년을 내리 고생해야 했다. 누구보다 그 일을 잘 기억하고 있던 강 사장이 의도적으로 미도의 소식을 전한 것이었다. 겨우 아문 상처를 다시 헤집어 놓으려는 심사였다. 하지만, 미도의 처사는 공무원으로서 정당한 공무집행이었고, 나 역시 그에게 조금의 원망도 없다는 것을 강 사장은 이해할 수 없었던 것이었다. 그것이 그의 한계였다.

내가 독일 병정, 그러니까 이미도를 처음 만난 것은 9년 전이었다. 그는 당시 당현구청의 토목 팀장이었고, 나는 구청에서 발주한 교량 공사 시공사의 대표였다. 오랜만에 수주한 관급공사였고, 안전이 특히 중요한 공사였던 만큼 현장 소장은 최고참 마 소장을 임명했었다. 그는 창업부터 나와 같이한 베테랑이었기 때문이었다. 그런데 그가 생각지도 못한 대형 사고를 친 것이었다.

마른하늘에 날벼락처럼, 낌새도 없이 등기 속달이 날아든 것은 당현교의 교각 세 개를 모두 세웠을 때였다. 등기는 제목부터가 살벌한 재시공 지시 문서였다. 기초 공사 부실이 사유라고 했지만, 그래도 사전 협의도 없이 문서부터 보낸 것에 대해 난 분노할 수밖에 없었다. 아무리 계약상 을이라고는 해도 회사의 명운이 걸린 문제를 말 한마디 없이 문서 한 장으로 통지한다는 것은 횡포였기 대문이었다.

"어떻게든 제 선에서 해결해 보려고 했는데 죄송합니다. 시흥 현장이 급하다 보니 이쪽 일을 놓치고 말았습니다."

금방이라도 쳐들어갈 것 같은 내 기세에 놀랐는지 마 소장이 다 죽어 가는 소리로 말했다. 그러고 보니 시흥 현장에 있던 마 소장을 당현교 현장으로 빼면서도 시흥 일까지 그대로 떠맡긴 것이 무리수였다. 그뿐만 아니라 동시에 돌아가는 십여 개 현장의 관리까지 맡겼으니, 노련한 마 소장이라고 한들 어쩔 수 없었을 것이었다. 결국 내 욕심이 초래한 사고였다. 죽을죄를 지은 사람처럼 고개를 꺾고 있는 마 소장의 등을 두드리고 나온 것은 그 때문이었다.

"국가는 위법까지 보호하지는 않습니다. 귀사에서는 계약조건과 계약법 규정을 위반했을 뿐만 아니라 보고서도 허위로 제출했습니다. 이에 우리 청에서는 관련 규정에 의거 재시공을 지시하는 바입니다."

설마하니 재시공까지야 가겠냐는 믿음이 있었다. 그래서 기름칠이라도 해보겠다고 급하게 현찰로 5백만 원을 안주머니에 넣고 온 것이었다. 그러나 기초보강 정도로 해결될 것이란 내 믿음은 미도를 만나면서 산산이 깨어져야 했다.

"정당한 사유 없이 이미 시행한 문서는 철회할 수 없습니다. 저희는 이미 관내 기관장 회의에도 공사 지연 사유를 보고했고, 지역 언론에도 이 사실을 알렸습니다."

"그래도 이건 너무 가혹하지 않습니까? 뒤통수를 치는 것도 유분수지 갑자기 재시공이라니요?"

"갑자기라고요? 우리 청에서는 현장대리인을 통해 수차 시정 지시를 요구했고, 대책 회의에도 대표님의 직접 참여를 이미 여러 번 요청했었습니다."

이 지경이 되도록 나만 몰랐던 것이었다. 평소 아랫사람의 실수를 용인하지 않았던 것이 대형 참사를 불렀던 것이었다. 누구도 내게 보고하기를 꺼렸을 것이고, 결국 그것이 쌓이고 쌓여 이런 상황까지 왔던 것이었다. 내 탓이었다. 미도는 시종일관 차분했으며 얄미우리만큼 논리 정연했다. 그가 펼쳐 놓은 도면 위에는 붉은 펜으로 여러 번 덧그려진 교각의 기초 라인이 경암반 15cm 위 풍화층에 턱 걸쳐져 있었다. 언젠가는 부식된 풍화암이 물결에 쓸려 나갈 것이고, 기초는 허공에 붕 뜨게 될 것이었다. 빨간 선이 여러 번 덧그려졌다는 것은 그만큼 그가 많은 설명을 했다는 뜻이었다. 하늘이 무너지는 것 같은 충격과 자책으로 난 할 말을 찾을 수가 없었다. 내 점퍼 안주머니에서는 현금 5백만 원이 나처럼 파르르 떨고 있었다.

이미도 팀장. 그제야 난 그에 관한 소문을 들을 수 있었다. 그는 별명부터가 '독일 병정'이었듯이 꽉 막힌 원칙주의자였다. 당연히 별명처럼 업무능력도 탁월했고 원칙 앞에서는 한 발짝도 물러서지 않는 독종이기도 했다. 이상한 건, 그에 관해 말하는 사람 중 누구도 그를 폄훼하지 않는다는 거였다. 일관된 원칙, 공정하고 합리적인 업무처리, 철저한 공사 구분으로 흠잡을 데가 없다는 것이 이유였다. 그렇다고는 해도 난 이미 다 세워 놓은 교각 세 개를 재시공해야 했으니, 회사는 치명적 내상을 입어야 했다. 거기에 지연된 공사 기간에 대한 지체 보상금까지 합쳐져 강 사장 말대로 순식간에 똘똘한 서울 아파트 두 채가 날아간 셈이었다.

그런데 그가 스님이 되었다고 했다. 독일 병정처럼 전선에 있어야 할 사람이 총을 버리고 산속으로 들어갔다는 것이었다. 공기를 무려 두 달이나 넘겨 준공하던 날, 준공검사를 끝낸 그가 내게 90도 폴더 인사를 하며 말했었다.

"전 제 직분이었지만, 대표님은 대표님의 피와 살이었을 겁니다. 공사 중에 진작 지도해 드리지 못했던 점을 사과드립니다. 손해가 크셨을 텐데도 재시공에 협조해 주신 대표님의 판단에 존경을 표합니다. 정말 감사합니다."

어느덧 9년이란 시간이 흘렀지만, 난 미도의 그 말을 잊을 수가 없다. 진심을 담았던 그의 촉촉한 눈망울을 보며, 난 그간의 섭섭함이 녹아내리는 것을 느꼈었다. 그날, 나보다 10년은 어려 보였던 그에게 난 그보다 더 깊이 고개를 숙였던 것도 같다.

　미도에 대한 회상은 돌연 그를 찾아야겠다는 생각으로 이어졌다. 왠지 그라면 내 문제를 상의해도 될 것만 같았기 때문이었다. 안 그래도 범상치 않았던 그가 스님이 되었다는 사실이 더욱 그런 마음을 갖게 했다. 그를 향해 끌렸던 마음도 우연이 아닌 것만 같았다. 조급해진 마음에 난 벌써 강 사장의 번호를 누르고 있었다.
　"강 사장, 잘 계셨나?"
　"아니, 뭔 바람이 불어 독고다이 형님께서 전화를 다 하셨수?"
　예상은 했었지만, 강 사장의 말투에는 아직도 서운한 감정이 풀풀 묻어나고 있었다. 난 의도적으로 모르는 척하며 단도직입적으로 물었다.
　"왜 전에 이미도 팀장 얘기를 하지 않았나? 스님이 되었다고?"
　"그놈 얘긴 왜요? 저만 잘난 줄 알더니 무슨 사달이 나도 단단히 난 모양이지요. 그래서 사람은 너무 잘난 척하면 안 된다니까요."
　"하하, 그런가. 그래 지금 미도는 어느 절에 있다던가?"
　강 사장이 에둘러 가리키는 사람이 나란 것은 짐작했지만, 난 꾹 눌러 참으며 다시 한번 미도의 소식을 물었다. 강 사장이 피식 웃더니 비아냥거리듯 말을 이었다.
　"왜, 이제야 본전 생각이 나셨수?"
　"강 사장이 오늘따라 농담이 지나치네. 내가 뭘 알아볼 게 있어 그러니 좀 알려 주시게나."
　내가 말끝에 슬쩍 힘을 싣자, 강 사장도 분위기를 짐작했음인지 슬며시 꼬리를 내렸다.
　"우리 직원들이 천마산을 갔다가 보덕암에서 보았답니다. 분명히 그

놈이었대요. 카톡으로 위치 보내 드릴게요. 저도 그렇게 까탈 부리더니 참회할 게 많았던 모양이지요."
 "뭐라고? 참회?"
 그때였다. 갑자기 눈앞이 확 밝아지는 느낌이 들었다. 참회? 그랬다. 그날 엄마는 초원 위의 섬 같던 숲을 분명 '참회의 숲'이라고 했었다. 기적처럼 강 사장의 말 한마디가 내 기억의 문을 연 것이었다. 난 급히 눈을 감고 기억을 더듬었다. 겨우 열린 문이 다시 닫혀 버릴 것만 같아서였다.

 그날 엄마는 환갑의 나를 아가라고 불렀었다. 우리는 그냥 바라보기만 했는데도 엄마의 말은 신기하게 내 뇌리 깊숙이 쏙쏙 들어와 박혔었다. 그때 엄마는 초원 위 섬처럼 다복했던 숲을 '참회의 숲'이라고 불렀었다. 이유는 알 수 없었지만, 엄마는 그 숲으로 향하는 나를 한사코 막았다. 그날 내 살갗에 닿는 힘은 바람결보다도 부드러웠지만, 내 힘으로는 아무런 저항도 할 수 없었다. 분명한 건, 그날 그곳에 내 몸이 없었음에도 난 온몸으로 감각하고 있었다.
 "참회의 숲은 영계에 들어오는 모든 영이 반드시 거쳐야만 하는 곳이다. 숲은 섬처럼 초원 위를 떠다니지만, 영계로 향하는 모든 길은 하나 엉킴 없이 오로지 이곳으로만 이어져 있다. 다시 말해 네가 살았던 세상 어디서든 죽은 이를 위한 길은 예외 없이 이리로 연결된다는 뜻이다. 이 다리는 무지개다리이며 연못은 하늘못이라고 부른다. 이곳을 건넘으로써 영은 현상계와 영원히 작별하는 것이다. 다리를 건넌 영은 초원에서처럼 각자의 오솔길을 따라 미리 정해진 나무로 인도된다. 각자의 나무는 참나무일 수도 있고, 소나무일 수도 있고, 자작나무일 수도 있다. 엄마 나무는 물비늘처럼 반짝이는 손톱 같은 잎을 가진 회화나무였다. 나무 그늘로 들어서면 나무는 마치 영화처럼 죽은 자가 살았던 시간을 통시적으로 보여 준다. 참회의 시간이 시작되는 것이다. 참회는 죽은 자가 생전 남에게 준 아픔만큼의 아픔을 똑같이 겪는 것으로 완성된다. 가령 살인을 한 자는 죽은 자의 아픔과 죽은 자를 사랑했던 사람들의 슬픔까지 모두 느껴야 한다는 뜻이다. 물론 엄마도 참회의 숲을 거쳤고 너도 그래야 할 것이다. 영계는 순결한 영만이 들 수 있기 때문이다."

"그래도 좋아요. 전 빨리 엄마 곁으로 가고 싶어요. 저를 좀 도와주세요, 네?"

"아가야. 저 연못의 물처럼 살아야 한다. 그러면 너는 다시 젊은 엄마 품에 안길 수도 있고, 네 아들을 안아 주던 할머니가 된 엄마 손을 잡아 줄 수도 있다. 하지만, 아가야. 지금은 아니다. 너는 해야 할 일이 있기 때문이다."

"할 일이요? 누가요? 제가요?"

더 이상 기억은 이어지지 않았다. 엄마와의 대화가 더 있었는지, 아니면 거기까지였는지도 확실치 않았다. 그렇지만 엄마는 분명 지금은 아니라고 했다. 그 말은 아직은 죽을 때가 아니라는 뜻이었다. 이유는 세상에서 해야 할 일이 있기 때문이라는 것이었다. 도대체 그게 무슨 말인가. 아직 죽을 때가 아니란 말은 그렇다 쳐도 세상에서 해야 할 일이 있다는 말은 또 무슨 의미인가.

생각하면 할수록 엄마의 말은 모성애를 넘어서는 것임이 확실했다. 그렇다면 어떻게든 그 말의 의미를 알아야 했다. 죽음에서 돌아와야 할 정도의 일이라면 단순히 불우 이웃을 돕는 정도의 일은 아닐 것이기 때문이었다.

 생각은 다시 미도로 귀결되었다. 강 사장이 느닷없이 그의 이야기를 꺼낸 것도, 불현듯이 그를 만나야겠다는 생각이 든 것도 새삼 우연이 아닌 것만 같았다. 그리고 보니 그와의 인연이 유별났던 것도, 그의 돌연한 출가도 어떤 식으로든 나와 연관이 있을 것만 같았다. 우선은 그를 만나야 했다. 그래야 뭔가 단서라도 찾을 수 있을 것이었다.

천마산 보덕암

　천마산 입구에 도착하니 비로소 계절이 보였다. 봄인가 했더니 벌써 진달래는 끝물이었고, 새초롬히 꽃망울을 단 철쭉 무리가 불길처럼 산비탈을 기어오르고 있었다. 그러나 숲은 초입부터 문명의 접근을 거부했다. 차량 통행이 가능하다고 했던 임도가 금줄 같은 쇠사슬로 막혀 있었기 때문이었다. 할 수 없이 나는 슈퍼 앞 공터에 차를 주차해 두고, 슈퍼 아저씨가 알려준 대로 오솔길로 접어들었다. 오솔길은 골짜기를 따라 끊어질 듯 힘겹게 이어져 있었다.

　기후변화의 영향이라고는 하지만, 언제부턴가 봄이 사라진 계절은 4월 말인데도 벌써 초여름 날씨나 진배없었다. 그나마 굴참나무 우듬지의 성긴 그늘이 그런대로 햇빛은 가려 주었지만, 등짝은 초입부터 땀으로 미끈거렸다. 그래도 숲을 쓸어 온 한 줄기 바람과 청량한 도랑물 소리가 땀을 식혀 주었다.

　슈퍼 아저씨는 한 30분이면 될 거라더니, 족히 50분은 올라서야 보덕암이 모습을 드러냈다. 내 저질 체력 때문이란 것을 알면서도 그렇게 알려 준 아저씨가 은근히 못마땅했다. 그래도 넓은 산속을 헤매지 않고 단번에 찾은 것은 다행이었다. 그러나 막상 보덕암의 모습을 보니, 애초 기대가 없었는데도 불구하고 실망이 앞섰다. 말이 암자지 절집이라고 할 수 없는 허름한 여염집 모습이었기 때문이었다. 다만, 여염집이 있어선 안 될 산속이었으니 암자일 수도 있겠다는 생각은 들었다.

보덕암은 임도에서도 한 20m쯤 숲속으로 들어가야 했다. 오솔길에서는 온전하게 보였던 암자가 막상 임도로 올라서자 보이지 않았던 것은 그 때문이었다. 대신 임도 가장자리에 박힌 나무 말뚝에 '普德庵(보덕암)'이라는 세로쓴 글자가 암자의 위치를 알려 주었다. 나는 임도 옆 도랑물로 대충 땀을 씻어내고 말뚝이 가리키는 진입로로 들어섰다. 진입로라야 겨우 두 사람이 어깨를 붙여 걸을 수 있는 조금 넓은 오솔길이었다. 다만 자갈을 깔아 놓아 조심해 걷는다 해도 발걸음 소리를 숨길 수 없으니, 누군가 들고나는 것쯤은 쉬 알 수 있을 것도 같았다.

삼간초가를 지붕만 슬레이트로 개량한 듯한 암자는 기묘하게도 남향 비탈의 두덩에 조심스레 올려져 있었다. 뒤로는 천마산이 북풍한설을 막아 줄 것이고 앞은 훤하게 트였으니, 종일 있어도 햇빛 놓치는 일은 없을 것이었다. 특히 좁고 긴 회랑 같은 마당엔 낮은 돌담까지 둘러 안 그래도 아담한 집이 더욱 아늑해 보였다. 그러나, 엷은 황토색으로 퇴색된 회벽은 뭔가 범상치 않아 보였고, 내공 출중한 이가 일필휘지로 휘갈긴 것으로 보이는 현판에선 강력한 힘마저 느껴졌다.

나는 일부러 기침 소리를 두어 번 내었지만, 암자는 그야말로 절간같이 고요했다. 툇마루 밑 하얀 고무신도 흐트러짐 하나 없는 것이 아무래도 금방 신었던 신발로는 보이지 않았다. 연이어 '계십니까?' 하고 기척을 내도 여전히 묵묵부답이니, 아무도 없는 것이 확실해 보였다. 혹시나 하고 좁은 마당을 지나 뒤꼍으로 가니, 잡목 사이로 작은 오솔길이 드러났다. 오솔길은 암자 옆 능선으로 이어져 있었다.

　내친김에 오솔길로 접어들려 할 때였다. 이삼십 미터나 될까. 두둑 너머 풀숲에서 스님의 삭발 머리가 쑥 올라오더니, 이어 회색 승복과 함께 물지게를 진 스님의 상반신이 나타났다. 마치 땅속에서 걸어 나오는 듯한 모습이었다. 스님도 우두커니 서 있는 나를 보았겠지만, 조금의 주저함도 없이 성큼성큼 걸음을 옮겼다. 스님의 걸음에 맞춰 물통이 앞뒤로 흔들거리며 물방울이 조금씩 튀어 올랐다. 삭발한 머리와 회색 승복, 무릎아래를 날렵하게 감은 행전, 검은 털신을 신은 스님은 정면으로 나를 바라보며 일정한 속도로 다가왔다. 거침없는 모습이었다.

　분명 미도였다. 다소 핼쑥해지긴 했지만, 반듯한 이목구비와 깊은 눈동자는 세월이 흘렀어도 금방 그임을 알아보게 했다. 순간, 나는 두 손을 합장해 불교식 인사를 해야 하는 걸까 하고 망설이다가 얼떨결에 허리를 굽혀 세속의 인사를 하고 말았다.

　"그간 안녕하셨습니까? 저 이정휘입니다. 대웅건설이요."

　"…"

　미도는 아무 말 없이 나를 지나쳐 물지게를 진 채 부엌으로 들어갔다. 무시당한 것 같아 무안하기도 했지만, 나는 묵묵히 그가 사라진 부엌쪽을 바라볼 수밖에 없었다. 그가 물을 쏟아붓고 물통을 내려놓는다는 것은 소리로 알 수 있었다. 잠깐의 시간이 흐르고 그가 반쯤 물이 담긴 낡은 양은 대접을 들고나왔다.

　"대표님이 어쩐 일로 이렇게 높은 곳까지 올라오셨습니까?"

　미도가 물그릇을 건네며 물었다. 고맙게도 그는 나를 기억하고 있었다. 전처럼 친절한 미소는 아니었지만, 그렇다고 배척하는 표정도 아니었다. 나는 그가 건네는 물그릇을 받아 들고 조심스럽게 입을 열었다.

"진작 스님 소식을 들었지만 이제야 뵙습니다. 그래, 건강하시지요?"
"들으셨군요. 실망이 크셨을 테지요. 하긴 세상일이 모두 바른 건 아니니까요."
"예?"

난 미도의 말뜻을 알 수가 없었다. 그냥 강 사장에게서 그가 공직을 떠났고 스님이 되었다는 말만 들었기 때문이었다.

"여기 물맛이 달고 시원합니다. 저쪽 바위 밑에 작은 샘이 하나 있지요. 공짜로 얻어 마신 지가 벌써 여섯 해네요."

미도는 알 듯 모를 듯한 말을 하고는 내가 영문을 몰라 하자 얼른 샘 이야기로 화제를 돌렸다. 그의 말대로 물맛은 시원했지만, 솔직히 단맛은 느낄 수 없었다.

"정말 물맛이 시원하고 좋습니다. 잘 마셨습니다. 스님."

나는 끝내 달다는 말을 빼고 빈 그릇을 건넸다. 미도는 말없이 그릇을 받아 들고 조용히 나를 바라보았다. 그의 눈빛은 마치 내 속을 꿰뚫는 것처럼 서늘했다. 그가 다시 말을 이었다. 여전히 조용한 목소리였다.

"아시다시피 저는 공직을 그만둔 지 오랩니다. 세속을 등진 저에게 볼일이 무엇인지요?"

"아, 예. 퇴직하셨다는 것은 강 사장에게 들었습니다. 동해설비 강대식 사장이요. 다른 뜻은 없고 전 그냥 스님을 뵙고 싶어 왔습니다. 실은 저도 사업을 접었거든요."

속내를 비치긴 했지만, 나는 내 말이 논리적으로 맞지 않다는 것을 느끼고 있었다. 내가 사업을 그만둔 것과 그가 공직을 떠난 것은 전혀 무관했기 때문이었다. 그렇다고 무턱대고 내 사정부터 이야기할 수도 없었다. 보고 싶었다거나 만나고 싶었다는 것처럼, 쉽게 할 수 있는 말이 아니기 때문이었다. 미도는 툇마루로 나를 안내하더니, 내가 앉을 자리부터 후후 불고는 맨손바닥으로 닦아내는 시늉까지 했다.

"산속이라 먼지는 없지만, 송홧가루가 꽤 날아옵니다. 송화는 바람을 타고 제법 멀리까지 날아서 수분을 한답니다. 그래서 소나무는 바람만 있으면 된다고 하지요. 하지만, 그게 다는 아닐 겁니다. 세상에 홀로 존재할 수 있는 것은 없으니까요."

"그렇군요. 소나무가 그런 줄 저는 처음 알았습니다."

"사실 전 출가는 했다고 하나 아직 계도 받지 못한 땡중입니다. 누군가는 저를 불가의 이단아라고도 하더군요. 그래서 드리는 말씀이니, 비구라 할 수도 없는 저에게 혹시 기대가 있으셨다면 거두시란 뜻입니다. 지친 심신을 쉬어가시는 것이야 무방하겠지만, 세속의 일을 물으신다면 전 드릴 말씀이 없습니다."

마치 내 의도를 간파하기라도 한 것처럼 미도는 섭섭할 정도로 단호하게 말했다. 승속을 분명히 하겠다는 모습에서 융통성 없었던 그의 공직 생활이 겹쳐 보였다.

"예 알겠습니다. 그렇게 한다면 앞으로 가끔 신세를 져도 되겠습니까?"

"그럼요. 본래 제 것이 아니었는데 누군들 쉬어 가지 못하겠습니까? 그렇지만, 대표님께서 잡수실 양식은 가져오셔야 합니다. 제가 워낙 빈한해서요."

그렇게 해서 그와의 새로운 인연이 시작되었다. 그를 다시 만났다는 것만으로도 난 내 문제가 반 이상은 해결된 것 같은 마음이었다. 아직은 속 깊은 대화 한 토막 없었지만, 난 내 느낌을 믿기로 했다. 왠지 그 느낌은 확신처럼 선명해지고 있었기 때문이었다.

보이는 것이 전부가 아니다

"파면 사유는 성 문제였어요. 워낙 평이 좋았던 사람이라 모두가 놀랐던 것 같아요. 하지만, 증거가 너무 확실했어요. 증인도 여러 명이었고요."

"증인까지 있었다고? 그것도 여러 명이나?"

"구청 체육대회가 끝나고 단체로 노래방엘 갔답니다. 명분은 직원 격려였지만, 참석은 간부들과 몇몇 여직원들이었다네요. 정 청장이 주선했고요. 그런데 이 팀장이 정 청장 비서의 손을 잡아끌어 자기 무릎에 앉혔다는 겁니다. 그리고 엉덩이를 주물렀다나 뭐라나."

오희국 의원이 심드렁하게 말하며 소주잔을 들이켰다. 오 의원은 당현구의 현직 구의원이었다. 당선 전부터 내 신세를 크게 졌던 터라, 내 말을 가벼이 여길 수가 없는 처지였다. 그럼에도 가벼운 청탁조차 하지 않았던 나를 그는 어려워했고, 마침 미도의 사건을 알아봐 달라는 내 부탁에 성심성의껏 알아본 것이었다.

"그 정도로 파면까지?"

"공직사회에서 성 문제와 음주 운전은 가차 없습니다. 더구나 그 친구는 공개된 장소였고 또 피해자가 처벌을 강력히 원했다고 하니, 자기가 아무리 백이 좋았어도 살아남기는 힘들었을 겁니다."

"같은 동료였고 또 술자리에서 우발적일 수도 있었을 텐데, 파면은 좀 과한 것 아닌가?"

"누가 아니래요. 더 이해할 수 없는 건, 평소 술을 좋아하던 이 팀장이 그날은 술을 입에도 대지 않았답니다. 그 비서는 정 청장이 국회의원 출마한다고 할 때 같이 그만두었고요. 그래서인지 둘이 그렇고 그런 사이였다는 소문도 있긴 하더라고요."

뭔가 개운치 않았다. 그의 인성으로 볼 때, 공개된 장소에서 그것도 구청장 여비서를 무릎에 앉히고 엉덩이까지 주물렀다는 것은 도무지 상상조차 할 수 없었기 때문이었다. 더구나 그는 그날 술을 마시지 않았다고 했다. 하지만, 여러 사람이 직접 목격했고 CCTV 사진까지 있다니 믿지 않을 수도 없는 일이었다.

'아가야, 저 연못의 물처럼 살아야 한다. 그러면 너는 다시 젊은 엄마 품에 안길 수도 있고, 네 아들을 안아 주던 할머니가 된 엄마 손을 잡아 줄 수도 있다. 하지만, 아가야. 지금은 아니다. 너는 해야 할 일이 있기 때문이다.'

대화와 무관하게 엄마의 말이 다시 또 떠올랐다. 도대체 뭐란 말인가. 죽음조차 유보해야 할 만큼의 가치를 가진 내가 해야 할 일이란 것이.

만약 미도 사건이 누군가의 잘 짜인 연출이었다면… 시끄러운 음악과 현란한 조명, 더구나 일행은 이미 대부분 취중인 상태… 피해자가 악의적 의도를 가졌거나, 누군가의 사주를 받은 것이었다면…

아니 미도가 정말로 음욕을 느껴 그녀를 끌어당겨 엉덩이를 만졌다면… 흐릿한 조명 속에서 은밀하게 움직였을 그의 손동작을 취한 그들이 과연 구분할 수 있었을까? 더구나 엉덩이라면 탁자 밑이었을 텐데, 순식간에 벌어진 일을 그들이 어떻게 볼 수 있었을까?

흥분한 비서의 주장에 그들 모두가 확신도 없이 그렇게 인정했던 것은 아니었을까? 만약 비서가 미도에게 무엇을 건네는 시늉이라도 했었다면 미도도 손을 내밀 수밖에 없었을 것이고, 그 상태로 미도의 무릎에 끌리듯 앉았다면, 누구라도 미도가 그녀를 잡아당긴 것으로 볼 수밖에 없지 않았을까? 그 상황에서 그녀의 비명까지 보태졌다면, 누가 감히 성추행이 아닐 수도 있다는 의심을 할 수가 있었을까?

뭔가 찝찝했던 직감은 대체로 맞았던 것 같다. 그것은 수백 대 일의 입찰 현장에서 단련된 내 촉이기도 했다. 촌각을 다투는 수주 현장에서 직감을 배제하고 계산기를 눌렀을 때, 난 훨씬 많은 실패를 경험했었다. 성격은 다르지만, 미도 사건에는 뭔가 개운치 않은 흑막이 있음이 분명했다. 무엇보다도 그가 술을 마시지 않았다는 것이 그랬다. 평소 술을 좋아했다는 사람이 술잔을 입에도 대지 않았다는 것은 그럴만한 이유가 있었다는 뜻이었다. 만약 그 이유가 자기를 향한 모종의 음모를 감지했기 때문이라면 문제는 생각보다 심각한 것이었다. 아무래도 오 의원의 도움이 더 필요했다. 7년 전이라면 아직 그 일을 기억하는 직원들이 꽤 있을 터였다.

"오 의원, 정말 미안하지만 조금 더 알아봐 주시게. 내가 왜 이러는지는 나중에 상세히 설명할 테니 이미도 팀장과 정광래, 아니 정 의원이라고 해야겠지. 정 의원의 주변 이야기도 있는 대로 부탁하네. 혹시 무슨 일이 발생하더라도 내가 책임지고 오 의원에게는 영향이 없도록 함세."

이렇게 해서 뜬금없이 미도에 대한 조사가 시작되었다. 그렇지만 난 오 의원과 별도로 탐정을 고용키로 했다. 이왕이면 정광래와 여비서의 관계까지 확실히 규명하고 싶어서였다. 이런 짓까지 해야 하나 하는 갈등은 있었지만, 내 손으로 미도의 명예를 회복해 주고 싶었다.

"저희는 합법적으로 일을 합니다. 따라서 저희가 확보한 일체 자료는 고객님께 인계되는 즉시 저희에게서는 완전히 폐기됩니다. 당연히 저희 기억에서도 영원히 봉인될 것이며, 이후의 법적 문제는 고객님의 소관이 될 것입니다."

탐정협회 발급 PIA 자격증과 사업자 등록증, 각종 인증서를 전시하듯 나열해 놓은 사무실에서 젠틀한, 어떻게 보면 학교 선생님처럼 온화한 인상의 대표와 난 계약을 맺었다. 경비는 예상보다 고가였지만, 이 분야를 전혀 모르는 난 비싼 만큼의 값어치를 믿기로 했다. 대표는 불륜이라면 증거는 2주면 충분하다고 했다. 대부분의 불륜 사건이 그렇다는 것이 그 근거였다. 증거는 사진이나 녹취자료이며, 직접 현장을 잡고 싶다면 별도 수수료만 추가하면 되었다. 설마 했는데 의지와 돈만 있으면 누구라도 발가벗길 수 있는 세상이었다. 죄책감에 망설이는 나에게 대표는 잘못된 것을 바로잡는 것이 정의란 말을 던졌다. 그 말을 끝으로 난 그가 내민 계약서에 또박또박 서명을 했다.

티 없이 맑았던 파란 하늘, 끝없이 펼쳐졌던 푸른 초원, 그 위를 떠다니던 섬처럼 소담스럽던 숲. 처음으로 느껴본 안온한 평화. 절대 꿈일 수 없는 일련의 장면들은 언제나 엄마의 메시지로 귀결됐다. 엄마는 연못의 물처럼 살면 다시 만날 거라고 했다. 환갑 아들을 되돌려 보낼 수밖에 없었던 애틋한 사랑은 연못의 물처럼 사는 것이었다. 도대체 왜 그래야 했으며, 선문답 같은 메시지는 또 무엇이었을까? 아무리 곱씹어 생각해도 그 의미는 내 능력 너머에 있었다.

이번에는 아예 며칠 묵기로 작정하고 아침 일찍 집을 나섰다. 이왕이면 쌀만 아니라, 부식도 넉넉히 준비했다. 슈퍼 아저씨에게 부탁해 짐을 운반해 줄 사람도 한 명 구하기로 했다. 양이 많아 혼자서는 가져갈 수가 없었기 때문이었다.

"마침 마누라가 집에 있으니, 제가 져다 드리겠습니다."

오랜 단골이라도 만난 듯, 갑자기 친절 모드로 돌변한 슈퍼 아저씨의 태도가 나를 어리둥절하게 했다. 차도 공터에 주차하지 말고 안전하게 자기 집 마당에 들여놓으라는 것이었다. 그런가 하면 그는 보덕암에 가지고 갈 짐까지도 간섭했다. 마치 미도의 살림살이를 알기라도 하는 것처럼, 식용유와 부탄가스도 챙겼다. 나는 그가 짊어질 짐의 무게가 걱정이었지만, 그는 외려 빠진 물건이 더 없는지를 살폈다. 영악한 그의 수완에 꼼짝없이 나도 고추장 통과 간장통을 양손에 나눠 들어야 했다.

"거의 폐가 수준이었지요. 그래도 지금 스님이 들어오셔서 그나마 집 같아 보이는 거지요."

잠시 지게를 내려놓고 쉬는 참에 슈퍼 아저씨는 묻지도 않은 말을 했다. 보덕암이 원래는 화전민이 살았던 집이었는데, 미도가 들어와 고치고 다듬어 그나마 집처럼 보인다는 것이었다.

"공부만 하시는 스님이신지 신자들이 찾아오는 것은 통 보지 못했어요. 가끔 등산객들이 오르긴 하지만, 그들은 보덕암을 가는 게 아니니까요."

"사장님이 어떻게 그렇게 잘 아세요?"

"일 년에 서너 번은 제가 배달을 하거든요. 그때마다 지금처럼 쌀과 부식을 날라 드렸지요."

그러고 보니 아직 계도 받지 못했다는 미도의 말이 생각났다. 승려가 수계를 받지 못했다는 것은 승적은 고사하고 정식 승려가 아니라는 의미였다. 그래서 숨어 살 듯 혼자 있는 것일까. 무슨 사정인지는 몰라도 매사가 원칙적이고 깔끔했던 그의 성정에 비추어 쉬 이해할 수 있는 일은 아니었다.

아무리 삼간 여염집이라 해도 명색이 부처님을 모신 암자이니, 안방이 아니고 법당이라 해야 할 것이었다. 미도는 법당 문을 활짝 열어 놓고 불공을 드리는 중이었다. 목탁을 두드리며 독경하는 모습은 영락없는 스님이었다. 방 크기만큼이나 옹색한 불단 위는 부처님 좌상과 촛대만으로도 가득했다. 지게를 내려놓은 슈퍼 아저씨가 재빨리 열린 방 안을 향해 합장 반배를 했다. 미도도 인기척을 느꼈을 테지만, 독경은 멈추지 않았다. 난 그의 불공에 방해가 되지 않도록 한쪽으로 비켜나 손짓으로 슈퍼 아저씨를 불렀다.

"오늘 고생하셨습니다. 제가 운임으로 10만 원 더 드릴 테니 앞으로도 스님을 잘 부탁드립니다."

슈퍼 아저씨는 처음과는 달리 벌게진 얼굴로 수줍게 두 손을 내밀었다. 운임을 별도로 책정했던 것은 아니었지만, 생각했던 것보다는 많다는 눈치였다. 그가 그렇게 기분 좋게 내려가고 한 20분이나 지났을까. 불공을 끝낸 미도가 방, 아니 법당에서 나오며 입을 열었다.

"얼마나 오래 계시려고 이렇게 많이 가져오셨습니까?"

나도 얼른 양손을 모아 합장 반배하며 조금은 유쾌하게 대답했다.

"스님이 쫓아내실 때까지 있으려고요. 그럼 안 되나요?"
"얹혀사는 땡중 주제에 누구를 쫓아낸단 말입니까? 좌우간 고맙습니다. 안 그래도 쌀을 사려던 참이었어요."

미도가 환하게 웃으며 고마움을 표시했다. 그렇게 웃으니 옛날 그의 모습이 살짝 겹쳐 보이기도 했다. 대충 짐을 정리한 그가 차를 끓여 내왔다. 우리는 습관처럼 나란히 툇마루로 향했다. 이번엔 내가 먼저 보이지도 않는 송홧가루를 후 하고 불어냈다.

"작년 가을에 채취한 뽕잎차입니다. 혈당을 낮추는 효능이 있답니다."

미도가 미소를 머금고 말했다. 며칠 전 올라왔을 때 냉랭할 정도로 과묵했던 모습과는 전혀 딴판이었다. 모르긴 해도, 그도 내심으론 사람이 그리웠음이 틀림없었다. 홀로 산을 선택해야 했던 이유는 알 수 없지만, 분명한 것은 지금 그는 기분이 좋다는 것이었다.

"전 처음 마셔 보는데 녹차보다는 향이 진한 것 같습니다. 쌉싸름하니 뒷맛도 좋고요."

"하하. 그렇습니까? 그러면 됐습니다. 차는 넉넉하니 자주 마시기로 하지요."

미도는 나를 특별히 의식하지 않았다. 그는 평소와 다름없이 물을 길었고, 집 앞 비탈밭에 나가 잡초도 뽑았다. 그러다 해가 기울면 일손을 놓고 부엌으로 들어가 저녁을 지었다. 검은 무쇠솥에 불을 때서 지은 하얀 쌀밥과 된장찌개, 산나물 장아찌로 뚝딱하고 차린 밥상은 일품이었다. 설거지까지 끝내면 그는 촛불 밑에서 무언가를 읽고 썼으며 저녁 예불도 했다. 난 이제나저제나 그와 이야기할 틈을 노렸지만, 그는 웬일인지 곁을 주지 않았다.

"대표님은 이 방을 쓰시지요. 잠자리는 좀 불편하시겠지만, 그래도 공기가 좋으니 주무실 만은 할 겁니다."

미도는 자기가 법당을 쓸 테니 나에게는 윗방을 쓰라고 했다. 윗방은 지금까지 그가 쓰던 보덕암의 유일한 방이었다. 궤짝 같은 반닫이와 그 위에 개어 놓은 이불이 세간의 전부였기에 두 사람 누울 자리로는 충분했지만, 그는 굳이 법당에 자리를 깔았다. 아마도 나를 위한 배려로 보였다. 그렇지만 창호지 하나로 갈린 방이니 숨소리 하나 제대로 감출 수가 없었다. 훅하고 촛불을 끄는 입바람 소리가 들리는 것 같더니 이내 조용해졌다. 할 수 없이 나도 불을 끄고 눕긴 했지만 잠이 올 리가 없었다. 정적이 깊을수록 정신은 점점 명징해지는데, 바로 집 뒤에서 무언가 지나가는 소리가 들렸다. 관목의 잔가지를 스치며 풀숲은 밟고 지나는 둔중한 소리는 분명 덩치 큰 무엇들이었다. 어디선가 휘파람 소리 같은 일정한 톤의 새 울음소리도 들렸다. 그새 법당에선 미도의 코 고는 소리가 가늘게 들려왔다.

"산돼지 식구들입니다. 겨울에 사료 몇 번 주었다고 지금도 잊지 않고 그렇게 내려옵니다. 지난달에 보았더니 식구가 늘었더라고요."

그런 평범한 일상은 둘째 날도 마찬가지였다. 새벽 예불과 물 긷기, 산책하기, 마당 쓸고 청소하기, 그리고 비탈밭에 물주기, 저녁 예불과 취침이었다. 밥은 삼시 세끼 모두 하얀 쌀밥이었고, 반찬도 된장찌개와 산나물 장아찌 그대로였다. 웃기는 건, 밤이 깊어지면 산돼지 식구들이 일상처럼 어제 그곳을 또 지나간다는 것이었다.

사흘째 되는 날은 새벽부터 부슬부슬 비가 내리더니, 안개가 슬금슬금 보덕암으로 내려앉았다. 맨살에 와닿는 축축한 한기에 절로 진저리가 쳐졌다. 그나마 굴뚝으로 빠지지 못한 연기가 매캐하게 감싸 주니 한결 포근했다.

"곧 갤 겁니다. 이렇게 안개가 올라온다는 것은 금방 날이 든다는 뜻입니다."

아꼈을 장작을 몇 개 더 밀어 넣은 미도가 찻주전자를 들고나오며 말했다.

"그렇군요. 산이 높아 그런지 날씨가 참 변화무쌍하네요."

난 은근히 변화무쌍이란 단어에 악센트를 주는 것으로 불편한 심기를 드러냈다. 새벽 예불을 한다고 날도 새지 않은 꼭두새벽에 일어나야 했으니, 부아가 올라왔기 때문이었다.

"대표님께서 불편하셨나 보군요."

미도가 찻주전자를 든 채로 툇마루에 엉덩이를 들이밀며 희미하게 웃었다. 이번에는 입으로 불지도 않고 손바닥으로 닦지도 않았다. 나도 그 옆에 따라 앉으며 얼른 화제를 돌렸다. 불쑥 말부터 뱉어 놓고 나니 미안해서였다.

"불편하긴요. 그래도 해갈이 되려면 이 비로는 아직 부족할 텐데요."

"누가 아니랍니까. 봄 가뭄이 길긴 했지요."

나는 이러한 이상 기후가 모두 인간들 때문이라고 말하려다가 입을 다물었다. 대신 노랗게 우러난 뽕잎차를 한 모금 들이마셨다. 뜨거운 쌉싸름함이 목구멍을 타고 넘어가자, 대번에 한기가 물러가는 것 같았다. 그 사이 안개도 빠른 속도로 흩어지고 있었다. 차 한잔 마셨을 뿐이었는데, 안개는 벌써 산등성이를 넘고 그 아래로 비에 젖은 숲이 모습을 드러냈다. 소나무, 떡갈나무, 굴참나무… 녹음은 어제보다 한결 진해진 것 같았다. 갑자기 왕성해진 식욕으로 물을 빨아 대는 숲의 소리가 사방에서 들리는 듯도 했다. 돌담 밑 패랭이도 빗물을 털고 빨갛게 고개를 쳐들었다. 미도가 무심한 눈빛으로 촉촉한 숲을 내려다보았다. 그의 눈길이 멈춘 곳엔 하얀 때죽나무꽃이 소담스레 피어 있었다.

"보이는 게 전부는 아닙니다. 때죽나무 꽃을 보십시오. 저리도 순백의 고결함을 자랑하지만, 그 열매는 물고기의 목숨을 앗아갈 정도로 무서운 독성을 지녔답니다. 할미꽃 뿌리처럼 말이지요. 세상도 그와 같습니다."

순간 오희국 의원의 말이 날카롭게 뇌리를 찔러왔다. 그는 미도의 파면 사유가 성 문제였다고 했다. 만약 그 사건이 조작된 것이었다면, 지금 미도의 말은 자신의 사건을 암시하는 것일 수도 있었다. 난 나도 모르게 따지듯 입을 열었다.

"스님께선 억울하게 당하신 거지요? 그렇지요?"

"글쎄요. 모두 제 부덕의 소치지요."

미도는 그 말을 끝으로 입을 다물었다. 더 묻는다 해도 그의 굳게 닫힌 입이 열릴 것 같지는 않았다. 그렇지만, 그가 누명을 썼다는 것은 분명해 보였다. 그가 구름이 벗겨지는 하늘을 말없이 올려다보았다. 오늘따라 그의 큰 눈이 부쩍 쓸쓸해 보였다.

"스님, 실은 제게도 함부로 말할 수 없는 사연이 있습니다. 어리석은 제가 감당할 수 없어 스님을 찾았던 것입니다."

"세속의 일은 이제 저와 무관하다고 말씀드렸을 텐데요."

미도가 빈 잔에 차를 채우며 냉정하게 말했다. 하지만, 난 그가 차를 마저 따르기를 기다려 입을 열었다.

"불교의 윤회는 사후세계를 전제함이라고 생각합니다. 하지만 그곳을 본 사람은 없을 겁니다. 그곳은 살아서 갈 수 있는 곳이 아니니까요.

그런데 저는 그곳을 다녀왔습니다."

순간 미도가 정색하고 나를 응시했다. 갑자기 그와 나 사이에 묘한 긴장감이 감돌았다. 그가 눈길을 거두지 않은 채로 조용히 입을 열었다.

"대표님이 직접 다녀오셨다고요?"

"예, 그렇습니다. 전 진짜 죽어 봤습니다. 그래서 그곳이 존재함을 알았습니다."

"어떻게 죽었었나요?"

그가 여전히 나를 응시한 채로 물었다. 한결같이 차분한 목소리였다.

"심근경색이었습니다. 호흡이 멎었고, 심장도 멎었습니다. 정말로 죽었던 거지요. 전 저희 직원들과 119 구급대원들이 저에게 CPR을 하는 모습을 똑똑히 보았습니다. 영계에서요. 제 심장이 돌아온 건 정확히 한 시간 후였고요."

난 미도에게 우리 직원들과 구급대원들, 그리고 의사들이 했던 말과 처치 내용, 영계에서 내가 보고 체험한 것까지 상세하게 들려주었다. 특히 엄마의 메시지를 강조했다. 그것이 바로 내가 되살아난 이유였고, 그에게 묻고 싶은 것이었기 때문이었다. 그제야 미도는 눈길을 돌려 구름이 벗겨진 파란 하늘을 올려다보았다. 얼마나 그러고 있었을까. 마침내 그가 천천히 입을 열었다.

"의사들이 섬망이라고 했다면서요?"

"예, 하지만 그들은 틀렸습니다. 전 분명히 죽었었고 직접 보았으니까요."

"직접 보셨다고요?"

"예, 맹세합니다."

"대표님의 눈은 이 세상에 있었는데 무엇으로 보셨다는 거지요?"

"예? 그건… 하지만 전 분명히 보았습니다."

난 나도 모르게 목소리를 높였다. 억울했기 때문이었다. 미도는 그런 나를 말없이 바라보기만 하더니, 다시 차분하게 말을 이었다.

"과학자들은 정신까지도 물질의 소산이라고 이미 결론 내렸습니다. 한마디로 대표님이 말씀하신 영계는 대표님의 뇌가 만든 허상일 확률이 높다는 겁니다. 죽음과 같은 극단적 상황에 빠지면 뇌는 본능적으로 자구책을 찾을 수밖에 없었을 테고, 그것이 마치 주마등처럼 과거를 소환했을 거란 겁니다. 거의 찰나적으로 말이지요. 그 과정에 대표님이 어디선가 접했을 판타지가 섞인 거고요."

"아까 구급대원이 동공반사도 확인했다고 했잖습니까? 동공반사가 없다는 것은 뇌가 죽었다는 증거랍니다. 죽은 뇌가 뭘 만들어요. 그리고 제 경우는 찰나가 아니라 무려 한 시간이었다고요."

절망이었다. 유일한 희망이었던 미도가 대뜸 그런 말을 할 줄은 상상도 하지 못했기 때문이었다. 그가 바로 내가 찾던 사람이라고 확신했는데, 그는 의사보다도 더 내 말을 불신하는 것이었다. 그가 다시 냉정하게 말을 이었다.

"죽음의 결정 지표가 반드시 심정지나 동공반사만은 아닐 것입니다. 제가 알기로는 약물에 의해서도 동공반사는 얼마든지 없을 수 있으니까요."

"스님, 전 사실 스님에게 의지하려고 찾아왔습니다. 너무 무섭고 답답해서요. 그런데 스님이 저를 믿어 주시지 않으니 솔직히 절망입니다. 전 분명히 제 죽음을 확인했습니다. 구급대원이 펜라이트를 제 눈깔에 들이대는 것을 보았단 말입니다. 당연히 어떤 약물도 복용한 적이 없고요."

"그러셨군요."

미도는 무심하게 그 말을 끝으로 자리에서 일어났다. 내 말에는 관심 없으니, 자기는 자기 일이나 해야겠다는 행동으로 보였다. 이쯤 되면 무례를 떠나 대놓고 하는 무시였다. 식량까지 짊어지고 와서 도움을 갈구하는데도, 하물며 내가 죽었었다는데도, 그는 무덤덤하게 호미를 들고 비탈밭으로 향했다. 아뜩한 절망감과 함께 배신감이 몰려들었다. 망연하게 그의 뒷모습만 바라보다가 난 자리를 박차고 일어섰다. 대충 짐을 싸서 나오는 보덕암 진입로로 어느새 아침 햇살이 가득했다.

의혹

'아가야. 저 연못의 물처럼 살아야 한다. 그러면 너는 다시 젊은 엄마 품에 안길 수도 있고, 네 아들을 안아 주던 할머니가 된 엄마 손을 잡아줄 수도 있다. 하지만, 아가야. 지금은 아니다. 너는 해야 할 일이 있기 때문이다.'

엄마는 분명 나에게 연못의 물처럼 살라고 했다. 환갑 아들을 아가라 부를 정도의 지극한 모성이 물처럼 살아야 한다고 가르친 것이다. 그것은 그렇게 사는 것이 최선일 것이기 때문이었다. 그렇다면 그것이 과연 어떤 삶이냐였다. 학교 문턱조차 밟지 못했다는 엄마가 설마 도가의 상선약수를 말했던 것이었을까. 아니면 그냥 흐르는 물처럼 낮은 곳으로 임하란 의미였을까. 얼핏 단순해 보였던 그 말이 막상 의미를 특정하자니 갈피조차 잡을 수가 없었다. 하물며 젊은 엄마의 품이나 할머니가 된 엄마의 손을 잡아줄 수도 있다는 말은 더 막막했다. 꿈이 아니라면 그것은 불가능했기 때문이었다. 더군다나 내가 죽어서는 안 되는 이유가 해야 할 일이 있기 때문이라고 했으니, 내 능력으로는 도무지 그 의미를 가늠할 수가 없었다. 조금 더 참았어야 했는데, 불뚝 짐부터 싼 것이 후회막급이었다.

천마산에서 내려온 지도 벌써 일주일이 지났다. 혹시나 했던 미도의 전화는 끝내 없었다. 이젠 일말의 기대마저 체념으로 바뀌었다. 하긴 그에게 전화를 기대한다는 것은 사실상 어려운 일이었다. 전화도 없었지만, 있다고 하더라도 산에서 내려오지 않는 한 소용이 없을 것이기 때문이었다. 오희국 의원에게서 전화가 걸려 온 것은 그때였다. 보덕암을 다시 찾아야 하나하고 못내 갈등하던 참이었다.
"저 오희국입니다. 제가 회기가 겹쳐 좀 늦었습니다. 어디로 갈까요?"
그제야 난 오 의원에게 미도 사건을 좀 더 자세히 알아봐 달라고 부탁했었음을 깨달았다. 미도에 대한 실망과 후회로 정작 그 사실은 까맣게 잊고 있었던 것이었다.
"이 팀장이 자기 무덤을 팠더군요. 혹시 형님은 정 의원이 검찰 수사관 출신이란 거 알고 계셨어요?"
오 의원은 술 한잔이라도 걸치면 나를 꼭 형님이라고 불렀었다. 오늘도 반주 한잔에 그는 넉살 좋게 대뜸 형님이라고 불렀다.
"그런가? 그건 나도 몰랐네만 공무원 출신이 뭔 돈이 그렇게 많다던가?"
정광래는 당현구에서 상당한 재력가로 알려져 있었기 때문이었다. 그런데 그가 검찰 수사관 출신이란 말을 듣자 나도 모르게 대뜸 그 말부터 나온 것이었다.
"뭐, 유산일 수도 있겠죠. 그건 그렇고 7년 전 장대동 재개발이 불발된 거 아시죠? 그것이 이 팀장 작품이랍니다. 은밀하게 떠도는 이야기로는 정 의원이 다 만들어 놓은 걸 이 팀장이 초를 쳤다는 거예요. 그리고 얼마 되지 않아 이 팀장의 성폭력 사건도 있었고요. 어때요? 절묘하지 않나요?"

내 반응을 살피듯 오 의원이 눈이 가늘어졌다. 벌써 그의 눈자위는 술기운으로 벌겋게 달아오르고 있었다.

"그게 무슨 말인가? 그게 정 의원의 검찰 경력과 무슨 관련이 있다고?"

"그것이 관련 있다는 게 아니라, 이 팀장이 성폭력으로 파면된 후 곧바로 정 의원도 사퇴했더라고요. 국회의원 출마한다고요. 그때 이 팀장은 정 의원과 여비서를 경찰에 고소했답니다. 자신의 성폭력 사건이 조작됐다고요."

"그래? 그래서?"

오 의원은 소주병이 비었음을 흘깃 확인하더니 한 병을 더 시켰다. 그리곤 말없이 잔을 채우더니 단숨에 들이켰다. 이미 식사는 끝난 뒤였다. 그는 안주라도 시키자는 내 말에 고개를 절레절레 흔들어 보이고는 다시 입을 열었다.

"경찰에서는 검찰로 송치했지만, 검찰에서 혐의없음으로 종결 처리했답니다. 그때는 이미 국회의원이 된 정광래가 손을 썼을 수도 있고요. 더구나 그는 검찰 수사관 출신이었으니까 팔이 안으로 제대로 굽었을지도 모르지요."

오 의원이 자기의 짧은 팔을 안으로 구부리는 자세를 취하며 씨익 웃었다. 그의 웃음은 마치 다 그런 거 아니냐고 말하는 것 같아 마음이 불편했다.

"그렇게 된 것이었군. 그래, 그건 그렇다 쳐도 장대동 개발처럼 큰 사업을 일개 팀장이 막을 수가 있었을까? 더구나 이 팀장은 토목 팀장 아니었나?"

"그땐 도시계획 팀장이었답니다. 일을 잘하니까 정 의원이 그쪽으로 발령을 냈다는 거예요. 한자리 주면 자기 사람으로 만들 수 있다고 생각했겠지요."

"그렇군. 도시계획 담당이었다면 그럴 수도 있었겠지."

"소문으로는 용적률 문제였나 보던데 자세한 건 모르겠어요. 작년인가, 그린벨트가 일부 조정되어 지금은 공사 중이고요. 물론 정 의원의 힘이 있었다고 하더라고요."

"그래서 이 팀장을 성폭력으로 옭아맸다는 건가?"

"그게 합법적으로 쳐낼 수 있는 가장 확실한 방법이었을 테니까요. 좌우간 이 팀장은 그 일로 가정까지 깨지고 산으로 들어갔다는 소문이 있더군요. 하긴 저라도 그 충격을 견디기 힘들었겠지요."

"그렇겠지. 정말 그렇다면 그건 용서할 수 없는 일이지. 아무튼 고맙네. 알아봐 줘서."

"아이고, 말도 마세요. 다들 쉬쉬해서 그 정도 알아보는 것도 힘들었어요."

오 의원은 비밀 이야기라도 하는 것처럼 주변을 둘러보더니 속삭였다. 난 교통비나 하라며 그에게 50만 원이 든 봉투를 찔러주고 음식점을 나왔다. 역시 뭔가 있었음이 확실했다.

712번. 버스 승강장의 안내 전광판에 낯익은 번호가 눈에 들어왔다. 며칠 전 탐정사무소를 오가며 탔던 버스 번호였다. 번호를 보자 갑자기 의뢰했던 일이 궁금해졌다. 그가 약속했던 기한이 내일모레니, 어떤 결과든 나왔을 것 같아서였다. 혹시나 하고 전화를 했더니, 탐정은 안 그래도 자기가 연락하려던 참이었다며 호들갑을 떨었다. 잠깐 통화에서도 그는 자기들이 얼마나 이 일에 집중했으며 인원과 경비를 아끼지 않았는지를 강조했다. 필요 이상의 호들갑이 석연치는 않았지만, 그래도 나름의 성과를 강조하려는 것일 테니 나도 모르게 기대가 앞섰다. 때마침 도착한 712번 버스에 오르며 난 정광래와 여비서의 불륜 사진을 상상하고 있었다.

"그렇게 훌륭하신 분이신지도 모르고 하마터면 저희가 큰 잘못을 저지를 뻔했습니다. 저희 요원 셋과 저까지 네 명이 일주일간 확인했던 건, 정 의원님의 훌륭하신 모습이었습니다. 의원님은 일상 자체가 미담이었습니다. 그 바쁜 의정활동 속에서도 남모르게 보육원 아이들을 돕고 계셨으니까요."

의외였다. 최소한 낯 뜨거운 사진 몇 장은 나왔을 줄 알았는데, 내가 당황스러울 정도로 탐정은 정광래에 대한 칭찬만을 늘어놓았다. 아직도 감동이 사라지지 않은 듯 그의 목소리는 떨리기까지 했다.

"어떡할까요? 계속 더 조사해 드릴까요?"

그가 나를 올려다보며 말했다. 하지만, 말과 달리 그의 얼굴엔 마뜩잖은 표정이 역력했다. 내가 잠시 머뭇거리자, 그가 다시 입을 열었다.

"제 경험상 이런 케이스는 이 상태에서 종결함이 좋습니다. 수행 비서분과의 대화도 여러 건 도청했지만, 의심할 만한 내용은 전혀 없었습니다. 굳이 원하신다면 더 조사해 드릴 수는 있지만, 솔직히 시간과 비용만 낭비할 뿐입니다. 더구나 그분들의 신분이 평범하지 않은지라 위험도 클 거고요."

어느새 나는 나쁜 사람이 되어 버린 것 같은 기분이었다. 그는 의미심장한 표정으로 나를 바라보았고, 그의 그런 태도는 마치 그가 나를 충고하고 있다는 착각마저 들게 했다. 그도 그럴 것이, 그는 선량한 사람들이 함부로 의심받지 않아야 할 것이라는 말로 이번 일을 규정했기 때문이었다. 사실상의 종결 선언이었다. 불과 일주일 만에 5백이란 거금을 흔적도 없이 날렸다는 것도 그렇지만, 쓸데없는 짓을 했다는 자괴감에 난 쫓기듯 탐정사무실을 나와야 했다.

허탈했다. 마치 무언가에 홀린 것 같기도 했다. 한 번도 직접 대면한 적은 없었지만, 지금까지 정황만으로도 정광래는 절대 깨끗할 수가 없는 인물이었다. 그것은 미도 사건에 대한 선입견을 배제한다고 해도 마찬가지였다. 왜냐하면, 오 의원이 조사한 사실만으로도 그 정도 의혹은 충분했기 때문이었다. 그런데도 탐정은 정광래의 결백을 상식 이상으로 확언했다. 아무리 생각해도 지나칠 정도의 처사였다. 그러고 보니 탐정이 제시했던 사진도 몰래 찍은 것이 아니라 뭔가 연출된 것 같기도 했다. 특히 정광래와 여비서의 대화라고 했던 녹취자료는 더욱 그러했다. 수행 비서와의 일상 대화라고 하기에는 너무 어색했기 때문이었다. 이를테면 지시하는 사람과 그 지시를 받는 사람의 어투가 너무 작위적이었다. 기간도 아직 며칠 남았는데, 대표가 먼저 종결을 종용하는 것도 의심스러웠다. 생각하면 할수록 의혹만 점점 커질 뿐이었다.

그날 저녁, 난 또다시 보덕암을 찾기 위해 짐을 꾸렸다. 아무리 생각해도 미도를 떠날 수가 없었다. 그와는 발주청의 팀장과 시공사 대표로 만났지만, 애초 우리의 만남은 평범하진 않았었다. 왜냐하면, 그는 나에게 재시공이라는 극단적 행정조치를 내린 사람이었기 때문이었다. 아무리 사유가 엄중했다 하더라도 최고 단계의 행정조치는 쉽게 내릴 수 있는 처분이 아니었다. 그런데도 그는 원칙을 명분으로 재시공이라는 극단적 처분을 했고, 난 토하나 달지 않고 순순히 승복했다. 그나 나나 모두의 예상을 배반한 것이었다. 평생을 이전투구의 공사판에서 살아온 내가 다툼 하나 없이 응했다는 것은 솔직히 있을 수 없는 일이었다. 뒤로는 뭔가 손실을 보전하는 다른 합의가 있었을 것이란 소문이 지배적이었다. 하지만, 난 어떤 이면 합의나 조건도 없이 당현구청의 행정처분을 온전히 이행했다. 그때 내가 보았던 건, 그의 깊고 고요한 눈빛이었다. 그리고 9년 만이었다. 그의 눈빛은 그때보다 오히려 맑고 깊었으며, 왠지 쉬 다가갈 수 없을 것 같은 기운이 그를 감싸고 있었다. 그렇다면 그가 그렇게 모질게 말했던 것은 분명 뭔가 다른 뜻이 있었을 것이었다.

나는 나였다

　미도는 보덕암 옆 나무 그늘에 앉아 있었다. 늙은 상수리나무가 만들어 준 그늘이었다. 일부러 가져다 놓은 듯한 펑퍼짐한 너럭바위가 있어 장독대로 쓰면 좋겠다고 했던 곳이었다. 때 이른 더위에 나뭇잎도 지쳐 축축 늘어졌지만, 그는 회색 승복을 입은 채 미동도 하지 않았다. 그래서일까. 가부좌까지는 아니더라도 딱딱한 바위 위에 앉은 모습이 영 불편해 보였다. 나는 그가 돌아보기를 기다릴까 하다가 일부러 발소리를 크게 내며 유쾌하게 인사를 했다.

　"스님, 저 왔습니다."

　"오실 줄 알았습니다. 그래 이제야 서운함이 가셨습니까?"

　여전히 돌아보지도 않고 미도가 말했다. 득도한 고승의 모습은 본 적 없었지만, 지금 미도의 모습이 그럴 것 같다는 생각이 설핏 들었다. 돌아보지도 않고 나를 알아본 것은 그렇다 쳐도 다시 올 줄 알았다는 말이 예사롭지 않게 들렸기 때문이었다.

　"서운하다기보다는…"

　"하하, 됐습니다. 진실이 진실로 받아들여지지 않았는데 어떻게 서운하지 않을 수 있겠습니까?"

그제야 미도가 자리에서 일어서며 돌아다보았다. 활짝 웃는 그의 얼굴이 유난히 맑아 보였다. 난 말꼬리라도 잡듯 되잡아 물었다. 무안함을 떨어 버리기 위해서였다.

"그럼, 스님께선 제 말이 거짓이 아니었다는 걸 아셨단 말인가요?"

"대표님. 오늘 아침 동쪽 하늘에서 뜬 저 태양이 지금은 중천에 있습니다. 태양이 지구를 돌았을까요? 아니면 지구가 그만큼 돈 걸까요?"

"그야 당연히 지구의 자전 때문이지요."

"대표님은 이미 진실을 알고 있기에 그렇게 대답하셨지만, 진실을 아는 대표님의 눈에도 태양이 지구를 도는 것으로 비쳤을 겁니다. 그것이 또 정상이고요. 제 말은 보이는 것이 전부가 아니란 말씀입니다. 의사들은 보이는 것을 보았고, 전 대표님의 보이지 않는 곳을 보았습니다."

미도의 말에 서운했던 마음이 싹 가시는 느낌이었다. 내가 뭐라 할 말을 찾기도 전 그가 다시 말을 이었다.

"안 그래도 궁금했습니다. 그렇게 훌쩍 내려가셔서요. 아무튼 이렇게 다시 오셨으니 차나 한잔하시지요."

미도는 전처럼 나를 툇마루로 안내했다. 이제는 날릴 송홧가루도 없으니 굳이 앉을 자리를 만들 필요는 없었지만, 그는 오늘도 내 자리를 후후 불고는 손바닥으로 쓸었다. 차는 여전히 뽕잎차였다.

"대표님께서 내려가신 후 많은 생각을 했습니다. 부처님 공부를 하겠다고 머리는 깎았지만, 요즘 들어 공부에 회의를 느끼던 차였습니다. 그러던 중, 대표님의 말씀을 접하고 전 큰 충격을 받았습니다. 제 생각이 맞았기 때문이었습니다."

그건 또 무슨 말인가. 미도는 내 말이 외려 충격이었다고 했다. 그날 난 내 말을 무시하고 밭으로 내려가던 그의 뒷모습에서 아득한 절망감

마저 느꼈었다. 그런데 그는 내 말을 무시했던 것이 아니고, 자리를 떠야 했을 만큼의 충격을 받았다는 것이었다. 그가 찻주전자를 내려놓으며 조용히 말을 이었다.

"우리 불교는 신에게 의지하는 종교가 아닙니다. 오로지 혹독한 자기 수행을 통해 깨달음에 이르는 구도의 종교지요. 그런데 요즘 들어 저에게는 윤회에 대한 강한 의혹이 생겼습니다. 윤회란 생전의 업에 따라 육도에 걸쳐 태어나고 죽기를 반복한다는 의미입니다. 그때 대표님이 나타나신 겁니다. 9년 만에요. 영계를 다녀오셨다면서요. 대표님은 영계는 심판이 아니라 참회였다고 하셨지요. 그것이 바로 제 생각이기도 했던 것입니다."

"예?"

나는 순간적으로 소름이 확 끼침을 느꼈다. 긴가민가했던 그에 대한 믿음이 확신으로 다가왔기 때문이었다. 당장은 뭐라 설명할 수 없었지만, 그에게는 분명히 나와 연결된 무엇이 있었던 것이었다. 그가 다시 말을 이었다.

"불교는 중생 제도를 궁극의 목표로 하고 있습니다. 사바세계의 모든 중생을 고해에서 건져내어 열반에 이르게 한다는 것이지요. 하지만, 사람들 대부분은 열반이 무언지도 모르고 생을 마칩니다. 그러고는 저마다의 업에 따라 지옥에서부터 천상까지 육도로 윤회한다고 하지요. 저는 그 말씀에 의문을 제기한 것입니다. 업에 따른 과보야 당연하다 할지라도 그 방식이 뉘우침이 아니라 심판이었기 때문입니다. 불교는 깨달음의 종교입니다. 업장 소멸은 심판에 의한 윤회가 아니라, 통렬한 성찰과 참회여야 한다고 생각했습니다. 대표님께서 보셨다는 참회의 숲이 바로 그곳이었습니다."

"그걸 어떻게?"

"어떻게 알았느냐고요? 하하하. 제가 잘못 알았을 수도 있겠지요. 하지만, 대표님의 죽음이 거짓이 아니었다면 제 말도 틀리지는 않았을 겁니다. 이제 밭에 물 줄 시간입니다. 대화는 저녁에 따로 나누시지요."

미도가 물지게를 지고 성큼성큼 능선으로 향하는 오솔길로 접어들었다. 샘이 있다는 곳이었다. 난 그의 모습이 숲속으로 완전히 사라질 때까지 멍하니 바라보고만 있었다.

산중의 시간은 빨랐다. 어스름이 몇 가닥 내려앉는 것 같더니 벌써 사위가 캄캄해졌다. 그토록 요란하던 풀벌레 소리도 잦아들고 한낮의 열기도 빠르게 식어갔다. 산 아래 읍내는 색색의 전깃불로 휘황하고, 점점이 이어진 자동차들의 불빛이 경춘가도를 따라 완만하게 흐르고 있었다.

"별 구경하신 지 오래시죠? 이곳에선 밤이면 별빛이 저렇게 쏟아집니다. 해마다 천문학을 전공하는 학생이 며칠씩 묵어가기도 했지요. 그 친구는 올 초 입대했으니, 지금쯤 보초를 서며 별을 보고 있을지도 모르겠네요."

미도가 부엌에서 찻주전자를 들고나오며 말했다. 그는 그렇게 서두르는 것 같지도 않은데 손이 빨랐다. 그새 저녁 설거지를 마친 것이었다. 나는 얼른 그에게서 차반을 받아 내려놓으며 하늘을 올려다보았다. 칠흑 같은 산등성이 위로 검푸르게 펼쳐진 하늘엔 그의 말처럼 반짝이는 별빛들로 가득했다. 마치 빛을 내는 모래알들을 하늘 가득 흩뿌려놓은 것만 같았다.

"대표님, 혹시 저 별들이 이 우주 공간에 얼마나 있는지 아세요?"

미도가 찻잔을 당겨 찻물을 따르며 물었다.

"글쎄요. 얼마나 될까요?"

여전히 밤하늘을 두리번거리는 나를 바라보며 미도가 말을 이었다. 그의 입가에 엷은 미소가 걸려 있었다.

"우리 은하계에서만 2천억 개가 넘는 별이 관측되었답니다. 물론 관측된 것만 그러하니, 그 이상이라는 뜻이지요. 그런 은하가 우리 우주엔 또 수천억 개가 넘을 것으로 여겨지고요. 그 별 하나하나가 모두 태양과 같다니 그에 딸린 식구는 또 얼마나 될까요."

"예? 그렇게나 많이요? 설마 저 별들이 모두 태양만큼이나 크다는 건가요?"

미도가 가만히 내 눈을 들여다보았다. 그의 깊은 눈동자가 오늘따라 더 깊어 보였다. 잿빛 승복 때문일까. 그의 말 한마디 한마디도 범상치 않게 느껴졌다.

"태양은 우리 지구보다 백만 배나 큽니다. 그런데 저 별들에 비하면 오히려 작은 편이라고 하네요. 그런데도 지금까지 50억 년을 불타고 있지요."

"태양이 별이란 말씀인가요? 게다가 50억 년이나 되었고요?"

"그렇습니다. 별은 멀리 있는 태양이고 태양은 가까이에 있는 별인 셈입니다. 좀 더 정확히 말하면 나이는 46억 살이고요."

"그러면 도대체 우리 우주는 얼마나 크다는 말인가요?"

"글쎄요. 저 별들이 저렇게 다닥다닥 붙어 있는 것처럼 보여도 태양에서 가장 가까운 별이 4광년이나 떨어져 있다는군요. 우리와 가장 가깝다는 은하인 안드로메다까지는 무려 250만 광년이나 되고요."

"광년이라면 빛이 1년 동안 진행하는 거리 아닙니까? 똑딱 하면 지구를 일곱 바퀴 반이나 돈다고 하던데, 그 속도로 250만 년을 간다고요?"

"예, 그렇습니다. 빛의 속도로 250만 년을 달려야 우리와 가장 가까운 은하가 있습니다. 오스트랄로피테쿠스의 시대에 떠난 빛이 방금 지구에 도착했다고 보시면 될 겁니다."

믿을 수가 없었다. 갑자기 내가 보잘것없는 단세포 동물이 되어 버린 느낌이었다. 미도가 다시 말을 이었다.

"저 별들을 볼 때면 우리가 사는 세상이 참 하찮게 느껴집니다. 나고 죽는 것도 사소해 보이고요. 지구보다도 백만 배 이상이나 큰 별들이 바닷가 모래알보다도 많다고 생각해 보십시오. 그 별 중 하나만이라도 궤도를 이탈해 우리에게 돌진한다면 우린 어떻게 될까요? 그런데도 우린 그 속에서 경계 짓고, 싸우고, 죽이고 한답니다."

난 둔탁한 무언가로 뒷머리를 한 대 맞은 느낌이었다. 우주개발이니 우주선이니 하는 말들은 많이 들어봤지만, 솔직히 관심 한 번 두지 않았던 것들이었다. 오로지 한 푼이라도 더 버는 것이 내게는 최고의 가치였기 때문이었다. 그런데 미도는 믿을 수 없을 만큼의 광대한 우주를 이야기했다. 갑자기 나뿐만 아니라 나와 관련된 모든 게 시시하게 느껴졌다. 죽음에서 돌아왔을 때 느꼈던 감회와는 또 다른 느낌이었다.

"스님도 토목공학을 전공하시지 않으셨나요? 저처럼?"

난 그에 대한 감탄을 엉뚱한 질문으로 대신했다. 그가 빙그레 웃더니 다시 말을 이었다. 여전히 차분했지만, 그의 한마디 한마디는 매우 신중하다는 것을 느낄 수 있었다.

"토목은 직업이었지만, 머리를 깎은 것은 나를 찾고 싶어서였습니다. 천문학은 그 과정이었고요."

"그래서 스님은 스님을 찾으셨나요?"

"찾았다면 이러고 있겠습니까? 이쪽도 아니고 저쪽도 아니니, 이렇게 어중띠기로 밥만 축내고 있지요."

"이쪽도 저쪽도 아니라면?"

"중도 되지 못하는 것이 부처를 떠나지 못하니 그렇다는 말씀입니다."

그러고 보니 그가 아직 계를 받지 못했다고 했던 말이 기억났다. 내친김에 그 연유도 알고 싶었다. 하지만, 대놓고 묻는다는 것이 어려워 난 최대한 조심스럽게 입을 열었다.

"외람됩니다만, 스님 같으신 분이 왜 계를 받지 못하셨는지요?"

할 말을 다 하면서도 난 그의 눈치를 살폈다. 하지만, 미도는 아무렇지도 않다는 듯이 시원시원하게 대답해 주었다.

"우리나라에서는 승려가 되려는 사람은 먼저 세속 인연을 끊어야 합니다. 결혼한 사람은 이혼을 해야 가능하다는 뜻이지요. 그러나 저는 제 아내와 세속 인연을 끊지 않았습니다. 이혼은 할 수 없다는 아내의 뜻도 있었지만, 형식을 따르는 게 싫어서였습니다. 부처님은 형식이 아닌 본질을 가르치셨거든요."

어디선가 이름 모를 풀벌레 소리에 섞여 새 우는 소리가 들렸다. 일정한 간격으로 '쩍' '쩍' '쩍' 하는 소리가 왠지 구슬프고 애처로웠다. 미도가 잠시 밤하늘을 올려다보더니 혼잣말하듯 중얼거렸다.

"소쩍새 보살이 저녁 예불을 재촉하는군요."

소쩍새 울음소리는 밤이 이슥하도록 계속되었다. 내가 '쩍' '쩍' '쩍'으로 들었던 소리도 사실은 '솥적' '솥적' 하는 소리였다는 것은 미도가 말해 주었다. 솥이 작아 자기 밥은 할 수 없었던 며느리가 굶어 죽어 새가 되었다는 전설이었다. 왜 하필 새가 되었는지, 굶어 죽은 것이 인간이 아닌 새로 태어날 만큼의 죄였는지는 차치하더라도, 전설이 사실이라면 윤회의 당위성은 이미 무너진 것이었다. 그래서인지 아무리 귀 기울여 들어봐도 내 귀엔 여전히 '쩍' '쩍' '쩍'으로 들렸을 뿐이었다. 산돼지 식구들도 지나갔을 테지만, 무성해진 풀잎 때문인지 마른 잎 밟는 소리는 들을 수 없었다. 그러나, 오늘 밤 내 관심은 우주였다. 평생 한 번도 생각해 보지 않았던 무한한 우주가 벼락같이 내게 다가왔기 때문이었다.

별, 은하, 우주. 대충 따져도 우리 우주엔 태양과 같은 별이 수천억 곱하기 수천억 개는 있는 셈이었다. 말도 안 되는 무량한 숫자에 나란 존재가 하찮게만 느껴졌다. 이 광대한 우주 속의 나는 티끌보다도 못한 존재라는 자각 때문이었다. 훅하고 불면 날아가 버릴, 한 줌도 되지 않는 재물을 위해 난 내 평생을 바친 것이었다. 그런데도 엄마는 이런 나에게 할 일이 있다고 했다. 죽음에서까지 되돌려 보낼 만큼의 그 일은 아무리 생각해도 나에게는 가당찮은 일이었다. 왜냐하면, 그 일은 나 같은 속물이 감히 범접할 수 있는 일이 아니어야 하기 때문이었다.

'아가야. 저 연못의 물처럼 살아야 한다. 그러면 너는 다시 젊은 엄마 품에 안길 수도 있고, 네 아들을 안아 주던 할머니가 된 엄마 손을 잡아 줄 수도 있다. 하지만, 아가야. 지금은 아니다. 너는 해야 할 일이 있기 때문이다.'

오늘도 난 미도와 늙은 상수리나무 밑 너럭바위에 자리를 잡았다. 툇마루보다 바람이 시원해서였다. 바위는 서넛이 앉아도 될 만큼 넉넉했지만, 표면이 마루판처럼 고르지 않은 것이 흠이었다. 오늘도 차는 뽕잎차였다. 미도가 차를 따르기도 전, 난 작심하고 먼저 입을 열었다.

"스님, 전 제 어머니 말씀의 의미를 찾아야 합니다. 그런데, 어제 스님의 말씀을 듣고 나니 솔직히 더 막막해졌습니다. 저란 존재가 너무나 보잘것없음을 알았기 때문입니다. 아시다시피 전 거친 건설 현장에서 평생을 막살아 왔습니다. 이런 제가 도대체 무엇을 할 수 있을까요?"

미도가 조용히 찻주전자를 내려놓으며 지그시 나를 바라보았다. 잠시 그와 나 사이엔 어색한 침묵이 흘렀다. 나는 그 순간에도 엄마의 말씀을 되새기고 있었다. 그가 작게 한숨을 내쉬더니 조용히 입을 열었다.

"대표님, 전 대표님의 그날 말씀을 전부 기억하고 있습니다. 믿을 수 없을 만큼 놀랍고 귀중한 경험이었으니까요. 당연히 대표님 어머니께서 주신 말씀도 화두처럼 간직하고 있고요. 아직은 말씀의 명확한 의미를 깨닫지 못했지만, 곧 알 수 있을 것 같습니다."

하마터면 난 그를 와락 껴안을 뻔했다. 밀물처럼 감동이 밀려들었기 때문이었다. 그는 내 말을 잊은 것이 아니었다. 오히려 나보다도 더 치열하게 엄마의 메시지와 싸우고 있었던 것이었다. 콧날이 시큰해지며 눈물이 솟았다. 난 그가 눈치채지 못하게 고개를 숙이고 입을 열었다.

"감사합니다. 스님! 전 그런 줄도 모르고."

"별말씀을요. 나무관세음보살."

그가 내려놓았던 찻주전자를 들며 다시 말을 이었다.

"의사들은 대표님의 상황이 의학이론과 맞지 않는다는 이유로 대표님의 말을 믿지 않았습니다. 설사 믿고 싶어도 유물론적 사고에 젖은 그들은 그 사실을 인정할 수 없었을 겁니다. 하지만, 물적 증거가 없다고 해서 진실이 아닌 것은 아닙니다. 비물질을 물질로 증명하려고 했으니, 진실을 볼 수 없었음이지요. 그러나 영계는 분명히 존재합니다. 대표님이 보셨듯이요."

미도는 말없이 차를 한 모금 마셨다. 나뭇잎 사이를 헤집고 들어온 햇빛이 그의 얼굴에 엇비쳐 신비한 느낌을 주었다. 잠시 침묵하던 그가 다시 차분하게 말을 이었다.

"대표님의 심장이 멎었을 때 대표님은 영계에 계셨습니다. 무지개다리 위에서 대표님의 주검을 직접 목격했으니까요. 중요한 것은 심장이 멎고 뇌 기능이 멈추었는데도 대표님의 의식은 끊어짐이 없었다는 것입니다. 삶과 죽음 사이에서도 말이지요. 어제 저는 우리 태양계에서 가장 가까운 별까지의 거리가 빛의 속도로 4년이 걸린다고 했습니다. 우리와 이웃한 은하인 안드로메다까지는 무려 250만 년이나 되고요. 이것은 무엇을 의미하는 걸까요?"

"잘 모르겠습니다."

"차원이 다를 뿐 영계는 그만큼 우리 가까이에 있다는 방증입니다. 어쩌면 바로 우리 옆일 수도 있고요. 죽음과 동시에 대표님은 영계로 순간이동 하셨으니까요. 물론 몸은 이 세상에 남겨두었지만요. 하지만, 대표님은 눈이 없어도 영계의 푸른 초원과 아름다운 꽃밭을 보았고, 코가 없어도 그 향기를 맡았습니다. 그뿐만 아니라 오래전 돌아가신 젊고 건강하신 어머니와 대화도 나누었고요."

"…"

"그것은 영이 인식으로 존재한다는 의미입니다. 꿈처럼 말이지요."

어지러웠다. 하지만, 무언가 서광처럼 희미했던 것이 점점 환해지고는 있었다. 나를 아가라고 부르던 젊은 시절의 엄마 모습과 참회의 숲에 관한 이야기도 이해할 수 있을 것 같았다.

"그렇습니다. 분명히 제 의식은 끊어짐이 없었습니다. 그렇다면, 전 되살아난 것이 아니라 애초 죽지 않았었다는 것인가요?"

"바로 보셨습니다. 죽은 것은 대표님의 몸이었지 대표님이 아니었습니다. 몸을 떠난 대표님의 마음이 곧 대표님의 영이었으니까요."

한마디로 내 마음이 곧 나였고, 내 영이라는 말이었다. 그것은 이 세상이든 사후세계든 나는 나라는 의미였다. 문득 법당에 붙어 있던 '제법무아'라는 글귀가 떠올랐다. 깊은 의미는 알 수 없었지만, 그 말은 분명 내가 없다는 뜻이기 때문이었다. 마치 큰일이라도 난 것처럼 난 큰 소리로 되잡아 물었다.

"그러면 저 글귀는요? 무아라는 말은 내가 없다는 뜻 아닌가요?"

"그것은 일체 존재는 고정되어 있지 않고 변하면서 존재한다는 의미입니다. 조건과 조건의 연기로 말이지요. 저도 마찬가지입니다. 이미도라는 사람은 보덕암의 수행자로 존재할 뿐이지 과거 당현구청 공무원으로서의 이미도는 이미 없다는 것입니다. 독립된 실체로서의 내가 영원하지 않다는 것, 그것이 바로 무아입니다."

미도가 이미 식어 버린 찻잔에 다시 물을 채웠다. 그러고는 천천히 한 모금 마시더니 말을 이었다. 비장한 표정이었다.

"하지만, 대표님은 영계를 다녀오셨습니다. 사후세계를 직접 목격하셨다는 말입니다. 그곳에서도 대표님은 대표님이었고, 어머님은 어머님이었습니다. 그것은 나는 나로 존재한다는 의미였습니다. 하늘을 담으면 하늘처럼 보이고, 바다를 담으면 바다처럼 보였을 뿐이지 본질은 나였다는 것입니다. 외람되지만 고정불변의 실체는 있었습니다. 하늘을 담고 바다를 담는 그것이 바로 나의 자성이며 영이었습니다. 다시 말해 무아는 사바세계의 영역이지 영계의 영역이 아니었습니다."

마음

　우리는 점심도 거른 채 대화에 몰입했다. 아니 정확히 말하면 대화라기보다는 미도의 일방적 설명이었다. 미도는 현실과 초현실의 세계를 자유롭게 넘나들었으며, 나 역시 그가 말하는 세계에 점점 빠져들고 있었다. 그렇다고 그의 말에 전혀 의구심이 들지 않았던 것은 아니었지만, 내가 본 영계가 너무도 선명했기에 그런 것은 문제가 되지 않았다. 후덥지근한 날씨와 그악스러운 풀벌레들의 울음소리도 우리를 방해할 순 없었다. 문득, 그들과 같은 벌레들도 영이 있는지 궁금했다. 그들도 생명인데 왠지 그래야 할 것 같았기 때문이었다.

　"저 풀벌레들에게도 영이 있나요?"

　"없습니다. 왜냐하면 그들에겐 마음이 없기 때문입니다."

　너무 단호했다. 생각할 필요조차 없다는 듯 미도는 단칼로 내 의문을 잘라 버렸다. 하도 그 대답이 빠르고 명확해 나도 모르게 되잡아물었다.

　"왜 그렇다는 거지요?"

　"지구 모든 생명의 진화 계통을 그린 나무를 생명의 나무라고 합니다. 그 나무는 38억 년 전, 세포막조차 만들지 못했던 원시세포에서 발아했습니다. 나무는 수없이 많은 위기를 겪었지만, 다행히도 그 위기만큼 무성한 가지를 가진 거대 나무로 성장했습니다. 인류는 지금 그 나무의 한 가지 끝에 매달려 있고요. 아주 위태롭게요. 아마도 인류의 가지가 뻗어 나온 기간은 대략 600만 년쯤 될 겁니다. 중요한 건, 그 나무에 이름을 올린 생명종 중 인간만이 유일하게 마음집을 가진 생명체로 진화했다는 것입니다. 그냥 우연히요. 그것이 우리에게만 마음이 있는 이유입니다."

"예? 마음이 그냥 우연이었다고요? 없었어도 그만이었을 그런 우연 말씀인가요?"

"그렇습니다. 인류에게 마음집이 생긴 건 우연이었습니다. 딱 맞는 조건과 정확한 결합이 기적처럼 우리 호모속에게만 일어났던 것이지요."

"호모속이라면?"

"현생인류와 그 직계 조상을 말합니다. 여러 종이 살았을 것으로 추정되지만, 모두 멸종하고 현재는 우리 사피엔스 종만 남았지요. 그래서 우리 몸엔 다른 종의 유전자도 섞인 거고요. 33억 년의 흔적처럼요."

갑자기 숨이 콱 막혔다. 어린 시절 내가 키웠던 하얀 털의 토끼가 붉은 털을 가진 새끼를 낳았을 때가 떠올라서였다. 때마침 난 심한 몸살을 앓고 있었고, 열에 들떠 선잠이 들 때면 여지없이 악몽을 꾸곤 했었다. 그때마다 붉은 털의 거대 토끼가 나를 덮쳤기 때문이었다. 지금은 흔하지만, 그때만 해도 희귀했던 붉은 토끼는 내 공포의 근원이었다. 그것은 환갑이 된 지금도 마찬가지였다. 유년의 붉은 토끼가 지금도 살아 움직이는 트라우마가 된 것이었다. 난 그가 모르게 조용히 숨을 들이마시며 마음을 가다듬었다. 그런 내 속을 들여다보기라도 한 것처럼 그가 다시 말을 이었다.

"어쨌든 우리 인간에게만 마음집이 있다는 것은 행운인 동시에 책무입니다."

"책무라고요?"

"그렇습니다. 덕분에 인간은 지구 생태계 최정점에 있으니까요. 부모가 없으면 맏이가 동생들을 돌봐야 하듯 인간은 지구 생태계에 책임이 있다는 거지요."

그 말은 신이 없는 세상을 돌봐야 하는 것은 우리 인간이라고 에둘러 표현하는 것으로 들렸다. 일견 그의 말에 동의하면서도, 난 무수한 가축들을 도살해 식탁에 올리고 있는 현실을 떠올렸다. 그가 계속 말을 이었다.

"그런데 인간은 그 행운을 자신들의 권한으로 받아들였지요. 그래서 세상과 더불어 살기보다는 세상을 우리 인간에게 맞추려고만 했고요. 아시다시피 그 결과는 재앙이었지요. 이것은 나중에 다시 말할 테지만, 그것을 막는 것이 바로 우리의 책무란 것입니다."

수없이 들어 온 말이었다. 그러나 그런 말들은 불조심 표어만큼이나 공허했다. 미래세대까지 들먹이며 법석을 떨었지만, 지구 온도는 지금도 여전히 상승 중이고 자연은 점점 병들어가고 있었다. 그것이 무엇을 의미하는 줄 알면서도 위정자들의 선택은 결국 생태계 보호가 아닌 개발이었다. 왜냐하면, 유권자인 우리가 그것을 원했거나 방기했기 때문이었다.

"밭에 물 줄 시간입니다. 올해는 작년보다도 일찍 뜨거워지네요."

미도가 물지게를 찾아들고 나섰다. 그의 집으로 열 번은 날라야 그가 일군 한 뼘 비탈밭을 적실 수 있다고 했었다. 중천을 지난 지 한참인데도 태양은 여전히 이글거렸다.

밤은 오늘도 하늘을 별로 가득 채웠다. 미도의 말대로라면 저 별 하나하나는 초고온의 광염을 내뿜으며 지금도 새로운 원자들을 합성하고 있을 것이었다. 내 몸을 이루었다는 원자들도 저 별들이 고향이라고 했다. 수십억 년, 혹은 그 이상을 별들은 날마다 저렇게 극한의 산고를 겪었을 것이었다. 12명의 자식을 낳고도 혼자 죽어 간 금순 할머니처럼, 별들도 원자들이 간 곳을 모른 채 생을 마칠 것이다. 회광반조(回光返照). 별이 그렇게 영롱하면서도 창백했던 이유는 그 때문이라고 했다. 미도는 그 별을 초신성이라고 불렀다.

 미도는 마음집이 있어 마음이 존재한다고 했다. 그렇다면 마음집은 뇌나 심장, 위, 간, 허파 같은 것이어야 했다. 그러나 인간의 몸에 마음집이란 장기가 따로 있다는 말은 그에게 듣는 것이 처음이었다. 사실이라면, 영에 대한 이론이 있을 수 없는 엄청난 사건이었다. 그렇다고 인류가 생명의 나무를 벗어날 수는 없겠지만, 적어도 인류의 나뭇가지만큼은 뭔가 특별해야 했다. 찬란하게 황금 장식은 못 할지라도 최소한 우뚝 불거지기라도 해야 했다. 그런데 아무리 살펴보아도 인류의 가지는 파충류나 양서류의 가지와 다르지 않았다. 아무래도 마음집의 근거부터 알아보는 것이 순서였다. 그런가보다고 그냥 넘기기에는 우린 이미 너무 깊이 들어와 있었다.
 "오늘은 감국차입니다. 뽕잎보다는 향이 좀 더 진할 겁니다."
 미도는 작년에 서리 맞은 감국을 채취했다는 말도 덧붙였다. 하얀 찻잔에 꽃잎보다도 노랗게 맑은 찻물이 우러났다. 나는 미도가 그랬던 것처럼, 양손으로 찻잔을 들어 향부터 음미했다. 뜨거운 수증기에 섞인 촉촉한 국화 향이 콧속을 간지럽혔다. 말을 꺼내기 전 생각부터 정리하라는 의미에서 뜨거운 차를 마신다고 했든가. 하지만, 난 듣도 보도 못했던 마음집에 관한 의문으로 점점 조급해지고 있었다. 이윽고 미도가 찻잔을 내려놓자마자 나는 더 기다리지 못하고 입부터 열었다.

"스님은 마음집을 확인하셨나요?"

마치 따지기라도 하듯 덤벼드는 나를 미도가 지그시 바라보았다. 하지만 그는 이내 엷은 미소를 머금고 조용히 입을 열었다.

"데카르트를 아시지요? 철학자이며 과학자이기도 했던 그는 정신과 몸이 별개라는 확고한 믿음을 갖고 있었습니다. 극단적으로 표현하면 뇌 없이도 정신은 존재할 수 있다는 논리였어요. 이유는 송과선이라는 기관 때문이었지요. 그는 인간에게만 그것이 있으며, 그래서 인간만이 영적 존재라고 했어요. 하지만, 훗날 송과선은 모든 척추동물에게 있는 것으로 밝혀졌답니다."

미도가 말을 멈추고 찻잔을 입으로 가져갔다. 별빛에 비친 그의 얼굴이 숙연해 보였다. 그가 차를 한 모금 마시고는 다시 말을 이었다.

"생명의 역사는 무려 38억 년입니다. 그동안 셀 수 없이 많은 생명종이 지구를 거쳐 갔지요. 하지만, 호모 사피엔스를 제외한 어떤 종도 문명을 만들지는 못했습니다. 왜냐하면, 문명의 필수 요소는 지능을 넘어서는 무언가가 있어야 했기 때문이지요. 그것이 바로 마음이었던 겁니다."

"문명의 필수 요소가 마음이었다고요?"

"그렇습니다. 마음은 선과 이타를 추구합니다. 그리고 보이지 않는 존재를 숭배하고, 자신을 절제하게도 하지요. 이는 마음을 가진 인간만이 가능했던 거고요."

"예? 지능은 그럼 마음이 아니라는 말인가요?"

"그렇습니다. 지능은 뇌의 신경세포에서 창발하지만, 마음은 이와 별개로 독립한 실체이기 때문입니다. 다시 말해 신경세포는 부모에게서 물려받지만, 마음은 그렇지 않다는 뜻입니다. 우리는 흔히 마음을 모든 정신작용으로 통 쳐서 말하는데, 사실 마음은 지능이나 감정과는 구분되어야 합니다. 이것이 바로 데카르트가 실패한 원인입니다. 마음을 지능이나 감정과 동일한 것으로 생각했기 때문이지요. 만약 마음이 신경세포의 작용이었다면 대표님이 본 영계도 허구였을 겁니다. 대표님의 뇌는 당시 기능을 멈췄었으니까요. 하지만, 대표님이 직접 확인하셨듯이 영계는 분명히 존재했습니다. 대표님도 어머님도 그곳에 계셨고요."

그래서 미도는 마음이 몸과 별개라고 했다. 그 증거가 바로 나라는 것이었다. 그것은 사실이었다. 난 분명히 죽었었고 내 주검을 똑똑히 목격했었다. 난 영계에 있었고 엄마를 만났었다. 수십 년의 시공을 건너뛰긴 했지만, 우린 여전히 엄마이고 아들이었다. 그런데 미도는 우리의 마음이 서로 별개라는 것이었다. 다시 말해 내 마음은 엄마가 낳은 것이 아니라는 것이었다. 그렇다면 유독 엄마의 성정을 많이 닮은 내 마음은 무엇이란 말인가.

"그렇다면 왜 저는 어머니 마음을 닮았을까요?"

"그것은 바로 마음집 때문입니다. 마음집은 몸의 일부이기에 당연히 부모의 유전자로 반씩 물려받습니다. 동그란 마음집에서 동그란 마음이 나오는 것은 당연합니다. 검은색 렌즈를 통과한 빛은 검어야 하고, 붉은색 렌즈를 통과한 빛은 붉어야 하는 것처럼 말입니다."

엄마의 마음을 닮은 것이 마음집 때문이라고? 마음이 마음집을 통해 발현될 수밖에 없으니 닮은 것처럼 보일 뿐이라고? 난 나도 모르게 감정이 고양되어 큰소리로 물었다.

"그럼, 도대체 그 마음집은 어디에 있다는 겁니까?"

"인류가 출현한 지 600만 년입니다. 정확히 말하면 침팬지와 공통 조상에서 분기된 것이 그렇다는 말입니다. 그렇지만 상당 기간 인류는 침팬지에 가까운 변종이었을 겁니다. 지금도 유전자의 95% 이상이 일치하니까요. 하지만, 인간은 언젠가부터 두 발로 걸었습니다. 이족 보행을 했다는 것이지요. 아마도 그때부터였을 겁니다. 두 발로 일어선 인류는 밤하늘의 별을 볼 수 있었으니까요. 칠흑 같은 밤, 포식자를 피해 바라본 하늘엔 오늘처럼 별이 가득했을 겁니다. 반짝이는 별을 보며 인류는 보이지 않는 존재를 의식하기 시작했을 거고요. 그 간절함이 자연의 선택을 불렀던 것입니다. 진화라는 메커니즘으로요. 마음집은 그렇게 생겨난 것입니다."

미도가 이미 식어 버린 찻잔을 입으로 가져갔다. 나도 식은 차나마 한 모금 머금고 혀를 축였다. 갑자기 이명이라도 생긴 듯 머릿속이 윙윙거렸다. 그가 다시 말을 이었다.

"마음집이 어디 있냐고 물으셨지요? 인류의 과학은 태양계를 벗어나는 데만 40년이 걸렸습니다. 총알보다 무려 서른 배나 빠른 우주선으로요. 인류는 그곳에서 지구를 찍은 사진을 보고서야 비로소 깨달았습니다. 자신들의 과학은 우주의 1%도 알지 못한다는 것을요. 대표님은 그들이 일관되게 부정하는 영계를 직접 다녀오셨습니다. 무려 한 시간 동안이나요. 그들이 맹신하는 과학이 5분을 심정지의 최대 한계로 규정했음에도 말이지요. 그래서…"

"그래서요?"

"마음집은 현대과학이 접근하지 못한 99%의 세계 속에 있다는 것입니다. 호수에 비친 달처럼 우리 뇌에 투영되었을 수도 있고요. 그래서 뇌가 손상을 입으면 마음도 손상된 것처럼 보이지만, 실제는 온전히 발현될 수 없을 뿐이지 마음은 그대로란 것입니다. 왜냐하면 영이니까요."

미도는 마음을 영이라고 했다. 마음이 몸을 벗으면 영이라는 것이었다. 다만, 몸 안에서 마음집을 통해 발현되기에 지능이나 감정처럼 보일 뿐이라는 것이었다. 그의 말이 전부 맞는다고 해도 영이 언제 어떻게 인간의 몸에 들어와 마음으로 자리할 수 있었는지는 여전히 의문이었다. 내가 다시 미도를 바라보자, 미도는 마치 내 의도를 안다는 듯이 말을 이었다.

"보이지 않는 것을 갈구했다고 해서 금방 마음집이 생길 수는 없습니다. 간절함으로 쌓인 시간만도 수백만 년은 되었을 테니까요. 진화라는 이름으로요. 하지만, 영이 마음집에 자리하는 것은 그리 길지 않았을 겁니다. 대표님의 영이 영계에 이르는 것처럼요. 어쩌면 그 시기는 태중일 수도 있고요. 그때부터 누군가의 마음이었던 영은 아기의 마음으로 다시 태어나는 것이지요."

"그렇다면 윤회라는 말씀인가요?"

"하지만, 육도윤회는 아닐 겁니다. 업에 따라 지옥이든, 아귀든, 축생이든, 아니면 다시 인간의 몸을 받든 하는 것은 아니라는 겁니다. 왜냐하면 영은 마음집이 있어야 윤회할 수 있으니까요. 일단 축생은 마음집이 없잖아요. 하지만, 우주 어딘가에는 우리처럼 마음집을 가진 또 다른 생명체가 있을 겁니다. E.T든 에일리언이든 말이지요."

바람에 대하여

　칠흑 같은 어둠이었다. 아니 알 수 없었다. 뭔가 내 눈을 가린 것인지, 아예 눈이 없었던 것인지, 정말 어둠인지도 분명치 않았다. 들리는 것도, 만져지는 것도, 하다못해 냄새도 없었다. 그러고 보니 감각되는 것은 아무것도 없었다. 그렇지만, 나는 분명 존재하고 있었다. 그것을 인식했다는 것이 내 존재의 증거였다. 마치 허공에 붕 떠 있거나 그 속에 용해된 것처럼, 난 있으면서도 없고, 없으면서도 있는 그런 존재였다.
　존재는 또 있었다. 하지만 존재를 의식한 순간, 나는 가위라도 눌린 것처럼 꼼짝할 수가 없었다. 존재가 점점 더 나를 강하게 옥죄었기 때문이었다. 눈, 코, 입, 심장, 허파도 없는 내가 서서히 질식해 가고 있었다. 가물거리는 의식을 붙잡고 난 겨우 한 마디를 토해낼 수 있었다.
　"누… 누구신가요? 당신은?"
　"난 참회의 숲을 지키는 수호령이다."
　수호령이라고? 순간 존재로부터의 압력이 조금은 느슨해졌다. 하지만 어둠은 여전히 계속되었고 존재, 그러니까 수호령의 모습도 보이지 않았다. 난 눈부시게 아름다웠던 참회의 숲을 떠올리며, 있는 힘을 다해 소리쳤다.

"아니에요. 참회의 숲은 이렇지 않았어요. 찬란하게 빛나는 초록 숲이었다고요."

분명 내 목소리였다. 입도 귀도 없었지만, 내 목소리는 또렷하게 발성되었고 어딘지도 모를 허공으로 퍼져 나갔다. 다시 존재가 대답했다. 마치 동굴 속처럼, 존재의 목소리가 허공을 울렸다.

"네 죄가 쌓여 산을 이루었으니 어찌 앞이 보이겠느냐. 오직 참회로만 그 죄를 씻어야 할 것이니, 네 눈물이 강을 이루겠구나."

수호령의 말이 끝나자마자 일련의 영상들이 파노라마로 펼쳐졌다. 이미 잊었거나, 숨겼던 내 과거들이었다. 영상은 통시적이고 객관적이어서 한 번 보는 것만으로도 전후 사정이 확연히 이해되었다. 그때는 몰랐는데 하나같이 부끄러움이었다. 놀라운 것은, 나로 인해 고통을 겪었던 사람들 가운데 내 아내와 아이가 맨 앞에 있다는 것이었다. 원망스러운 눈길들 속에서 내 아내와 아이가 처연한 얼굴로 나를 바라보고 있었다.

꿈이었다. 난 죽어서 다녀왔던 그 세계를 꿈속에서 다시 확인했고, 그제야 영이 인식으로 존재한다는 의미를 이해할 수 있었다. 미도의 말은 사실이었다. 마음이 영이었고, 영은 인식으로 존재했다. 그러고 보니 내가 죽었던 동안에도 내 자아의 단절은 단 한 번도 없었다. 몸과 함께 한 마음이었든, 몸을 떠난 영이었든 나는 분명히 나였었다.

순간, 진한 감동과 희열, 그리고 회한이 밀물처럼 밀려들었다. 교차하는 감정에 가슴이 터질 것만 같았다. 난 용암처럼 분출하는 울음을 삼키며 조심스럽게 방문을 열었다. 미도가 잠에서 깰까 봐서였다. 별빛이었을까. 밖에는 숲이 반짝이고 있었다. 잔잔한 호수 위 윤슬처럼, 모든 잎사귀가 일제히 하늘을 향해 빛을 반사했다. 처음으로 보는 왕성한 생명력이었다. 마당으로 내려서니 서쪽 산등성이에 하얗게 달이 걸려 있었다. 그러고 보니 세상을 비추었던 건 별빛만이 아니었다. 모두가 잠들었을 이 밤에도 우주는 깨어 있었다. 살아 있음이었다. 죽음이란 없는 것이었다. 죽음은 또 다른 세계로 드는 문일 뿐이었다.

미도를 발견한 건 그때였다. 석상처럼 그가 늙은 상수리나무 밑 너럭바위에 앉아 있었다. 고고한 달빛 아래 바위와 일체가 된 듯한 그의 모습은 감히 범접할 수 없을 것만 같았다. 그래서일까. 나무그림자에 반은 가려진 모습이 더욱 초탈해 보였다.
"왜 벌써 일어나셨습니까?"
그가 전처럼 돌아보지도 않고 말했다.
"예. 그냥."
"허허. 그러시군요. 이리 와 앉으시지요."
앉은 채로 엉덩이를 들썩여 자리를 내주는 그의 민머리로 하얗게 달빛이 부서져 내렸다. 나는 그가 내준 자리에 엉덩이를 걸치며 조금 전 꿈 이야기를 해야 할지 잠시 고민했다. 그는 내가 앉기를 기다려 조용히 입을 열었다.
"그래도 산중이라 새벽 기운이 꽤 차답니다. 괜찮으시겠어요?"
"예, 괜찮습니다. 오히려 청량해서 좋습니다."
"허허, 그래요? 그러면 다행입니다."
순간 미도와 내 눈길이 허공에서 부딪쳤다. 여전히 그의 눈빛은 깊고 평온했지만, 여지없이 나를 무장 해제시켰다. 그에 대한 경외였을까. 나는 그의 눈빛에서 세속을 초월한 듯한 고고함과 지혜를 보았다. 갑자기 숨이 가빠지며 다시 가슴이 벅차올랐다. 마치 고해성사라도 하듯 난 그에게 좀전의 꿈을 고백하지 않을 수 없었다.

"스님, 이제야 알았습니다. 마음이 영이고, 영은 인식으로 존재한다는 것을요. 그리고 내 자아는 몸이 있든 없든 영원히 소멸하지 않는다는 것을요."

그게 울 일이었을까. 채 말을 끝내기도 전, 난 내가 흐느끼고 있다는 것을 알았다. 민망했지만 흐느낌을 멈출 수가 없었다. 내 어깨를 감싼 미도의 한쪽 팔이 부담스러울 때쯤에야 난 겨우 진정을 찾을 수 있었다. 그가 귀엣말이라도 하듯 조용하게 속삭였다.

"대표님은 한 소식 하신 겁니다. 그것을 깨달음이라고 하지요."

언감생심 말도 되지 않는 소리였다. 영계에서 내가 직접 목격했던 것을 꿈으로 재확인했고, 더욱이 그 자신이 알려 준 사실들인데 그게 무슨 깨달음이란 말인가. 깨달음이 그리 쉽다면 그 경지에 이르지 않는 이가 과연 얼마나 있을 것인가. 그가 미소를 더금고 다시 말을 이었다.

"백 번을 알려 주어도 스스로 깨닫지 못하면 여전히 무명인 것입니다. 답을 알았다고 해도 깨우침의 과정이 없다면 무의미하다는 말이지요. 대표님은 이제 그 의미를 참으로 아셨습니다. 하지만, 이제부터입니다. 대표님은 이제 대표님의 깨달음을 세상에 알려야 합니다. 그것이 바로 대표님이 돌아오신 이유였습니다."

"예? 그럼, 제 어머니의 말씀이 그 뜻이었단 말인가요?"

"그렇습니다. 마음이 영이고 자아였습니다. 그리고 자아는 영원한 것이고요. 그렇다면 우린 어떻게 살아야 할까요. 어머니의 처음 말씀을 기억해 보십시오."

"처음 말씀이라면?"

"어머니께서는 대표님에게 연못의 물처럼 살라고 하셨습니다. 왜일까요?"

"글쎄요."

"우주든 자연이든 존재의 바탕에는 존재를 지배하는 원리가 있으며, 그 원리를 따르는 것을 순리라고 합니다. 어머니는 순리대로 살아야 한다는 것을 그렇게 말씀하신 거였습니다. 하지만, 우리가 순리를 안다는 것은 쉽지 않습니다. 왜냐하면, 물은 아래로 흘러야 순리지만, 물고기는 위로 거슬러 올라야 순리기 때문입니다."

"예?"

"세상의 이치를 알아야 한다는 뜻입니다. 순리는 고정되어 있지 않으니까요. 다시 말해 조건에 따라 얼마든지 변할 수도 있다는 말입니다. 이를 불가에서는 연기라고 하지요."

이건 또 무슨 말인가. 조건에 따라 변하는 것도 진리라 할 수 있다는 말인가. 난 미도의 말이 채 끝나지도 않아 되잡아물었다.

"그렇다면 무엇이 순리란 말인가요?"

"응당 그래야 할 것들이 순리입니다."

"예? 뭐라고요?"

"인간 세상에 응당 그래야 할 것이 뭐가 있겠습니까? 법과 양심을 지키는 것이 그렇지 않겠습니까? 전 그래서 그것을 바름이라고 한답니다."

"바름이요? 그것이 법과 양심을 지키는 것이라고요?"

"그렇습니다. 그것만이 인류가 서로 반목하지 않고 살 수 있는 유일한 방법이니까요. 신이 개입하지 않더라도요."

"…"

"법 자는 물 수와 갈 거가 합쳐진 글자입니다. 어원으로만 본다면 이보다 더 순리를 잘 표현한 글자가 어디 있겠습니까? 말 그대로 물이 흘러 간다는 의미니까요. 이는 한자를 만들었던 고대 중국인들이 인간은 어떻게 살아야 한다는 것을 알았다는 방증이지요. 신이 없는 세상을 말입니다. 하지만, 사람들은 물처럼 흐르려 하지 않았지요. 외려 물길을 거스르는 것을 특권으로 알았으니까요. 그러한 성향은 오늘날도 마찬가지고요."

미도는 여전히 의미심장한 얼굴로 말했다. 한마디로 법만 지켜도 바르다는 것이었다. 왜냐하면 법은 응당 그래야 할 것들의 사회적 약속이기 때문이라고 했다. 그리고 보니 세상은 온통 법으로 둘러싸여 있었다. 아침에 눈을 뜨면서부터 잠자리에 들기 전까지 우리는 옷을 입듯 법 속에서 살아가는 셈이었다. 만약 법이 응당 그래야 할 것이 아니라면? 상상만으로도 끔찍했다. 그렇다면 양심은? 난 그 의미를 알 것도 같았지만, 진지하게 물었다. 왠지 그래야 할 것 같아서였다.

"그럼, 양심은요?"

"사자가 양을 잡아먹는다고 해서 사자의 양심을 탓하지는 않습니다. 사자는 양의 입장을 헤아릴 수 없기 때문이지요. 그러나 인간은 예외입니다. 말씀드렸다시피 우리는 언제든 상대의 입장을 헤아릴 수가 있기 때문입니다. 상대가 되어 보는 것. 그것이 바로 양심입니다. 그리고 그것은 우리 인간에게만 있고요."

"상대가 되어 보는 것이 양심이라고요? 도덕적 기준이나 뭐 그런 게 아니고요?"

"사람들은 흔히 그렇게 생각하지요. 그러면 세상 사람들의 양심은 모두 같아야 합니다. 도덕은 보편적 개념이니까요. 하지만, 양심은 그렇지 않지요. 왜냐하면, 그건 내 마음이니까요. 그래서 늘 갈등하는 거지요.

나침반 바늘처럼요. 하지만, 진짜 양심은 흔들리면서도 끝내 바름을 가리키지요."

맞는 말이었다. 그러나 죽음조차 유보하며 전해야 했던 메시지라고 하기에는 너무 초라했다. 환갑 아들을 아가라고 부르던 애끓는 모성이 고작 법과 양심이라는 메시지를 전하기 위해 사후세계의 아들을 되돌려 보냈다는 말인가. 아무리 생각해도 선뜻 받아들일 수가 없었다.

"제 어머니는 그 이상의 가치를 말씀하신 게 아니었을까요? 법과 양심보다 더 위에 있는 무엇을요."

"지구는 모든 생명을 품을 수 있을 만큼 넉넉하지 못합니다. 그래서 경쟁이 불가피하지요. 경쟁은 곧 사느냐 죽느냐의 문제입니다. 38억 년 동안 그 방식은 약육강식이었고요. 가장 확실한 방식이었으니까요. 하지만, 인간은 그래서는 안 된다는 겁니다. 우린 영적 존재니까요. 그래서 물처럼 살라고 하신 거지요. 그 방식은 법과 양심을 지키는 것이고요."

미도의 이야기는 동이 틀 때까지 이어졌다. 상상조차 할 수 없었던 그의 말에 난 두려움까지 느꼈다. 그러함에도 불구하고 내가 그의 이야길 받아들일 수 있었던 것은 지금까지 그가 심어 준 사전지식 덕분이었다. 그러고 보니, 미도는 나에게 의도적으로 공부를 시킨 것이었다. 빅뱅도, 우주도, 진화도 결국 바름으로 향하는 징검다리였던 셈이었다.

"색즉시공 공즉시색이라고 했지만, 저는 불경스럽게도 아무것도 없는 공에서는 그 어떤 일도 스스로 일어날 수 없다고 생각했습니다. 따라서 존재의 제1 원인은 신이어야 합니다. 하지만, 신은 우주 만물을 일일이 만들지는 않았을 겁니다. 창조는 오로지 원리와 에너지였을 테니까요. 일체 존재는 그 원리와 에너지의 산물이었고요."

"우주가 원리와 에너지의 산물이었다고요?"

"그렇습니다. 말씀드렸다시피 우리 우주의 시작은 빅뱅이었습니다. 놀랍게도 한 점으로부터였지요. 인류는 최근에야 그것을 밝혀냈지만, 어떻게 그럴 수 있었는지는 설명할 수가 없었습니다. 하지만, 분명한 것은 이미 시작은 되었다는 겁니다. 그렇다면 언젠가는 그 끝 또한 반드시 도래할 거라는 사실입니다. 하지만, 끝은 시작과 달리 고요하고 평온할 것입니다. 왜냐하면, 새벽안개처럼 시나브로 다가올 테니까요. 과학자들은 그것을 열역학 제2 법칙이라고 불렀습니다. 엔트로피가 정점인, 절대 평형의 세계로 가는 그 기나긴 여행을 말이지요. 그때는 별도, 지구도, 한때 생명이었던 것들까지도 산산이 붕괴해 먼지처럼 우주를 부유할 것입니다. 원자라는 이름으로 말이지요. 이것이 바로 신의 원리였습니다."

"신의 원리요?"

"그렇습니다. 그 한 점이 바로 신의 원리와 에너지를 품은 우리 우주의 씨앗이었습니다. 138억 년 전 어느 날, 씨앗은 폭발과 함께 원리와 유한 에너지를 분출했지요. 아니 정확히 말하면, 씨앗이 폭발한 다음에야 138억 년의 시간이 흘렀다고 하는 것이 맞겠네요. 폭발 이전은 시간조차 없었을 테니까요. 어쨌든 에너지는 초고온의 열과 물질로 변화하며 거대 핵융합을 반복했지요. 그 결과 수많은 별이 만들어졌고요. 지금도 여전히 신의 원리는 작동 중이며 우주는 공간을 넓혀 가고 있답니다. 빛의 속도로 말이지요. 그러나 신이 계획했던 궁극에 다다르면, 에너지도 시간도 더 이상 존재할 수 없을 것입니다. 왜냐하면, 그곳은 모든 것이 붕괴한 절대 평형의 세계일 테니까요."

"절대 평형이요? 끝을 말함인가요?"

"끝일 수도 있고 시작일 수도 있습니다. 왜냐하면, 궁극은 새로운 시작과 맞닿아 있으니까요."

미도가 말을 멈추더니 하늘을 올려다보았다. 동트기 전 검푸른 하늘엔 미처 잠들지 못한 별 몇 개가 졸고 있었다. 수계를 받을 수 없어 정식 승려가 될 수 없었다는 그의 민머리 실루엣이 가슴을 저리게 했다. 그가 길게 한숨을 내쉬더니 다시 말을 이었다.

"한때 무엇이었든 간에 만물의 근원은 원자였습니다. 그냥 그 하나로는 아무 의미도 없는 물질 말입니다. 탄소, 산소, 수소, 인, 질소, 황… 이런 거요. 각각의 원자들은 어떻게 결합하느냐에 따라 바위가 되고 물이 되고 원핵세포가 되었습니다. 과학은 이를 우연이라고 했지요. 그리고 38억 년입니다. 원핵세포는 조건과 조건 속에 변이를 거듭했고, 마침내 거대한 나무로 자랐습니다. 이름하여 생명의 나무라고 하지요. 대표님과 저는 그 어느 하나의 가지 끝에 매달려 있고요. 그래서 과학은 어떤 생명종이든 특별하지 않다고 하는 겁니다. 어느 한 종 예외 없이 그 나무를 벗어나 존재할 수는 없으니까요. 하지만 전, 우리 인간만은 그렇지 않다고 말하려는 것입니다. 왜냐하면 우리에겐 마음이 있으니까요."

"스님, 잠깐만요."

어지러웠다. 미도의 말은 금방 이해할 것 같으면서도 막상 움켜쥐려면 손가락 사이로 다 빠져나가 버리는 모래알 같았다. 나는 그의 말을 처음부터 다시 정리해 보았다. 신은 원리와 에너지를 담은 씨앗을 창조했을 뿐이고, 씨앗은 대폭발과 함께 급속 팽창하여 우주를 형성했고, 이미 총량이 정해진 에너지는 계속 팽창하는 우주를 더는 감당할 수 없게 될 것이고, 마침내 엔트로피는 정점에 이르고, 우주는 붕괴하여 근원인 에너지로 돌아갈 거라는 것이 대강의 줄거리였다. 과학은 이를 열역학 제2 법칙이라고 명명했으며, 미도는 그것이 신의 원리라고 했다. 그러면서도 그는 인간만은 특별하다고 했다. 그 이유는 인간에겐 마음이 있기 때문이라는 것이었다. 그렇다면 자연은 왜 인간에게만 마음을 허용한 것인지를 설명해야 했다.

"스님, 그렇다면 마음은 왜 인간에게만 있어야 하는 건가요? 정말 별을 바라보며 보이지 않는 것을 갈구했다고 해서 마음집이 혹처럼 자랐다는 건가요? 아니면 신의 선택이었나요? 혹시 지능의 진화를 스님이 오해한 것은 아니었을까요?"

"우리 불가에서는 영원불멸하는 존재는 없다고 가르쳤습니다. 하지만, 저는 언제부턴가 마음은 예외라고 생각했습니다. 왜냐하면, 마음은 사바세계가 아닌 영계의 존재기 때문입니다. 영계의 영이 사바세계 인간의 마음이 될 수 있었던 것은 인간만이 마음집이 있는 생명체로 진화했기 때문이었고요. 자연의 선택으로 말이지요. 그래서 지능이 진화한 것은 아니라는 것입니다. 과학도 그것은 인정했고요. 유전자는 철저히 이기적이라 자신의 통제를 벗어난 진화는 허용하지 않는다는 것을요."

"무슨 뜻인지요?"

"플라톤이나 아리스토텔레스는 마음을 영이라고 주장하면서도 그 근거를 설명하지 못했습니다. 그들은 진화를 이해할 수 없는 시대에 살았기 때문이지요. 하지만 말씀드렸던 것처럼, 마음은 지능이나 감정처럼 유전자로 물려받을 수 있는 것이 아니었습니다. 만약 마음이 지능처럼 신경세포로부터 창발한 것이었다면, 바로 그 시점부터 인류는 멸종했어야 합니다. 왜냐하면, 유전자의 통제를 벗어난 생명은 원천적으로 존재할 수 없으니까요."

"왜지요?"

"생명체의 생존과 번식을 총괄하는 것은 유전자입니다. 일체 생명 활동이 반드시 이 범주에서 이루어진다는 뜻입니다. 간혹 유전자의 통제를 벗어난 이상 세포가 있긴 하지만, 우린 이를 암이라고 하여 떼어내야 합니다. 아니면 같이 죽든가요. 따라서 유전자의 통제를 벗어날 수 있는 생명은 없다고 할 수 있습니다. 마음을 제외하면 말이지요. 그래서 마음을 자유의지라고도 하는 것이고요."

자유의지? 순간 언젠가 신문에서 보았던 어느 과학자의 기사가 떠올랐다. 그는 운명처럼 세상 모든 것은 이미 결정돼 있었다고 주장한 사람이었다. 한마디로 우린 이미 결정된 삶을 살아가는 것에 불과 하다는 것이었다. 근거는 뇌파 실험이었다. 실험 대상자가 어떤 행동을 생각도 하기 전에 뇌가 먼저 알아서 작용했다는 것이었다. 실험이 맞다면 플라톤, 아리스토텔레스, 미도는 중대한 오류를 범한 것이었다. 그들 모두는 마음을 분명히 자유의지라고 했기 때문이었다. 나는 참지 못하고 질문부터 던졌다.

"자유의지요? 미국의 저명한 과학자는 자유의지는 없다고 결론 내렸던데요. 직접 실험을 통해서요."

"벤자민 리벳이라는 사람의 실험이었지요. 하지만, 전 그 실험이 애초 잘못되었다고 생각합니다. 왜냐하면 그는 마음이 뭔지를 몰랐으니까요."

"예? 뭐가요?"

"그 실험은 우리가 어떤 것을 생각하기도 전에 뇌가 먼저 무의식적 결정을 내렸다는 것이었습니다. 그래서 우리 인간에게 과연 자유의지가 있느냐의 문제로 발전했던 거고요. 전 마음집이 호수에 비친 달처럼 뇌에 투영된 독립적 실체라고 했습니다. 그래서 수많은 과학자가 뇌를 열어 샅샅이 뒤졌어도 그 존재를 찾지 못했던 것이고요. 그 실험에서 신경 세포를 먼저 작용하게 한 원인, 그러니까 벤자민 리벳이 검출했던 뇌파의 동인이 바로 마음이란 것입니다. 그는 그것을 무의식적 결정이라고 했지만요. 과학이 볼 수 있는 것은 마음이 아니라 뇌파뿐이었으니까요."

"무의식적 결정이 아니고 마음이라고요?"

"현대과학은 뇌 각 부분의 역할을 규명했을 정도로 발전했지요. 보고, 듣고, 말하고, 냄새 맡고, 생각하고, 판단하는 역할을 하는 부분이 다 정해져 있다는 것을요. 그래서 뇌의 어느 한 부분이 손상을 입으면 그에 해당하는 기능도 사라지는 거고요. 그러나 마음은 그렇지 않다는 것입니다. 마음집을 통해 발현되는 것은 맞지만, 뇌의 어느 특정 부분이 아니라는 것이지요. 보이지 않게 뇌 전체를 망라하니까요. 호수에 비친 달처럼 말이지요."

솔바람 소리

멀리 동쪽 하늘을 붉게 물들이며 뜸을 들이더니, 태양은 마침내 산등성이를 뚫고 불쑥 솟아올랐다. 하늘 최고의 불덩이가 오늘도 정확하게 모습을 드러낸 것이었다. 지구의 백만 배가 넘는다는 거대 몸집은 보름달보다도 외려 작아 보였지만, 계량할 수 없는 광휘는 세상의 어둠을 일시에 몰아냈다. 그야말로 장엄한 빛의 폭사였다. 얼마나 지났을까. 한참의 침묵을 깨고 미도가 천천히 입을 열었다.

"저곳이 바로 모든 생명의 원천이었습니다. 수천억 개의 별 중에서도 보잘것없다는 저 별이 초당 수소폭탄 100억 개의 에너지를 뿌리고 있습니다. 우리는 그중 100만분의 1 정도로 생명을 유지하는 거고요. 지구 전체가 말이지요. 만약 이 순간, 신이 저 태양을 없앤다면 우린 어떻게 될까요? 마지막 태양 빛이 도착하는 8분쯤 후, 우리 지구는 끈 끊어진 연처럼 차디찬 암흑의 공간 어딘가로 내팽개쳐질 겁니다. 당연히 지구 모든 생명체도 예외 없이 사라질 거고요. 이유도 모른 채 말이지요."

"설마 그런 일이 일어날 수도 있다는 건가요?"

"신이 변덕을 부린다면요. 하지만, 그런 일은 절대 일어나지 않을 겁니다. 신은 개입하지 않을 테니까요. 설사 우리 인류가 지금 당장 멸종

한다고 해도요."

"하긴 신이 있었다면 세기의 악당들이 그리 멀쩡하게 부귀영화를 누릴 수는 없었겠지요."

"무엇이 선이고 악이란 말입니까?"

갑자기 미도가 '딱' 소리와 함께 목탁으로 바위를 내리치며 벼락같이 일갈했다. 순간 번쩍하고 내 뇌리를 찌르는 예리한 무엇이 있었다. 간밤의 꿈처럼, 또 한 번의 각성이 내게 찾아온 것이었다. 다만, 이번엔 의식이 명징했다는 점이 달랐다. 나는 두 눈을 똑바로 뜬 채, 미도가 이끄는 대로 시공간의 경계를 넘었다. 우주로, 은하로, 태초의 지구로. 보덕암과 천마산이 사라지고 광막한 우주가 선명하게 모습을 드러냈다. 수천억 개, 아니 셀 수도 없을 만큼의 거대한 별들이 총알보다도 빠르게 획획 회전하고 있었다. 지름이 수백억 광년이나 된다는 우주가 미니어처처럼 한눈에 보인다는 것이 의아하면서도, 난 그 일사불란함에서 눈을 뗄 수가 없었다. 타원, 나선의 거대 은하가 칠흑의 어둠 속에서 팽이처럼 숨 가쁘게 돌아가고, 그 속에서 별이 만들어졌다가 사라지고 있었다. 무지막지한 속도와 한 치 어긋남도 없는 정교함에 난 숨이 멎을 것만 같았다. 저 속에서 우린 어떻게 그렇게 안온할 수 있었을까? 절대 우연일 수가 없었다. 신은 세상을 방치한 것이 아니었다. 아뜩해지는 의식 속에서도 점점 공고해지는 것은 신은 우리와 함께 있다는 자각이었다.

"신은 우리와 함께였습니다."
"왜 그렇게 생각하셨습니까?"
"보았습니다."
"그분을요?"

"아니요. 그분으로 하여 존재하는 것들을 보았습니다. 상상조차 할 수 없는 광대함과 한 치 어긋남도 없는 정교함을요. 자칫 한눈이라도 팔면 금방이라도 와르르 붕괴해 버릴 것 같은 그 광대한 시스템은 절대 우연히 존재할 수 있는 것이 아니었습니다."

"바로 보셨습니다. 그분은 그렇게 계시지만 우리가 볼 수 있는 분이 아닙니다. 그런데도 우리는 그분을 우리 모습으로만 그렸습니다. 마치 우주라는 이 무량한 공간에 우리만 있는 것처럼요."

"그분의 모습이 어떻든 명확한 것은 삼라만상이 모두 그분으로 하여 존재한다는 것이겠지요. 그것은 결국 우리는 그분과 함께라는 의미가 아닐까요? 그런데 왜 그분이 세상사에 개입하지 않는다고 하시는 건가요?"

"대표님의 말씀처럼 삼라만상이 모두 그분의 원리로 존재함이니 어쩌면 이미 개입했다고도 할 수 있겠지요. 다만…"

미도가 지그시 나를 바라보았다. 그의 눈빛은 그윽하면서도 왠지 슬퍼 보였다. 그가 낮게 한숨을 내쉬더니 조용히 말을 이었다.

"그분은 그저 지켜보실 수밖에 없을 거라는 겁니다. 지금 당장 우리 지구가 사라진다고 해도요. 왜냐하면, 그분의 원리는 오직 하나로 일체이기 때문입니다. 우리 지구를 구하기 위해 수조 개가 넘는 별의 작동을 멈추게 할 수는 없다는 거지요. 아무리 그분이라도 말입니다."

"그래서 스님은 우리는 우리끼리 살 수밖에 없다고 하셨던 거군요. 신은 개입하지 않을 테니까요. 그렇다면 할 수 없군요. 지금까지 그랬던 것처럼, 앞으로도 우린 서로 반목하고 죽이고 증오해야겠군요. 그것이 마치 정상인 것처럼요."

"그래서 바름이라는 거지요. 그것이 절대적이어서가 아니라, 우리끼리 살기 위해선 모두가 지켜야 할 규칙이 있어야 한다는 거지요. 대표님의 어머니 말씀도 그것이었고요."

 포탄은 비 오듯 쏟아졌다. 터져 나가는 건 포탄과 콘크리트의 파편만이 아니었다. 살과 피와 문명의 조각들도 함께였다. 무성영화처럼 전장은 비명도 아우성도 없었다. 이미 세상이 가청 기능을 상실했기 때문이었다. 자욱한 포연과 먼지 속에 클로즈업되는 무언가가 있었다. 피와 먼지로 얼룩진 성경이었다.
 베들레헴. 그러고 보니 그곳은 거룩한 땅이었다. 2천 년 전 어느 날, 인류 최고의 성인이 그곳으로 오셨기 때문이었다. 하지만, 어이없게도 그분의 탄생은 집단 살육과 함께였다. 살육의 대상은 그 도시의 천사 같은 아기들이었다. 그분과 또래라는 것이 이유였다.
 그 후 2천 년, 그분을 경배하는 성전은 세상 곳곳에서 환하게 불을 밝히고 있지만, 그때 그분을 대신해 죽임을 당했던 아기들의 위령비는 어디에서도 찾을 수 없다.
 또 한 아기가 있었다. 그 아기의 집은 베들레헴에서 그리 멀지 않은 곳이었다. 2016년 바람도 차가운 10월 어느 날, 아기는 피보다도 붉은 셔츠를 입고 파도에 밀려온 인형처럼 튀르키예의 어느 해변에서 발견됐다. 지중해의 바닷물보다도 차가웠을 모래 속에 아기의 연하디연한 얼굴이 반이나 묻혀 있었다. 시린 바람에 가는 머릿결을 흩날리며 죽어 있는 아기는 시리아의 아일란 쿠르디였다.

 얼마나 지났을까. 상념을 깬 건 요란한 매미 울음소리였다. 미도는 혼자 생각에 빠진 나를 조용히 지키고 있었다. 내가 눈을 뜨자 기다렸던 것처럼 그가 입을 열었다.

"하나의 원핵세포가 꽃이 되고, 나무가 되고, 벌레가 되고, 인간이 된 것이 부조리의 시작이었습니다. 그렇지만, 우리가 마음을 갖기 전까지 그것은 부조리가 아니었습니다. 왜냐하면, 그것이 자연의 섭리였으니까요. 꽃은 꽃대로 인간은 인간대로 유전자가 시키는 대로 그냥 살면 되었지요. 하지만, 우리 인간은 언젠가부터 본능을 넘어서는 자유의지를 가졌습니다. 마음이 바로 그것이었지요. 그때부터 우리는 세상에 대한 책무를 졌다는 것입니다."

"알겠습니다. 우리가 왜 바름을 지켜야 하는지를요. 세상이 포연과 비명으로 가득하다고 해도 바름만이 우리를 지킬 수 있다는 것도 알았습니다."

"세상 인연은 저 솔바람 소리와 같습니다. 저 바람 소리를 한번 들어보세요. 저 소리는 딱 저만큼의 소나무와 잡목, 딱 저만큼의 돌과 흙, 딱 저만큼의 바람과 비탈이 있어야 합니다. 수만 겁을 기다려도 다시 못 올 인연이지요. 하물며 대표님은 영계를 다녀오셨으니, 그 인연의 깊이를 어찌 가늠할 수 있겠습니까."

아침 공양 후 우리는 찻주전자를 들고 상수리나무 밑 너럭바위에 마주 앉았다. 늙은 나무 품이 넉넉해서인지 가지마다 매미들의 울음소리가 요란했다. 문득 언젠가 들었던 매미에 관한 이야기가 생각났다.

"저 매미들은 땅속에서 무려 7년을 유충으로 살아야 한답니다. 그때까지 무사히 살아남은 놈들만 자기가 태어난 나무로 올라가 어른 매미로 변태를 하는 거고요. 저렇게 요란하게 숲을 울리며 매미로 사는 기간은 불과 2주 남짓이랍니다. 고작 2주 동안 저들은 짝을 찾아 자기 유전자를 남겨야 하는 것이지요. 물론 그새 잡아먹힐 확률은 훨씬 더 높고요."

"그것이 그들의 삶 아니겠습니까. 미물이라도 저렇게 치열하게 살아야만 자기의 유전자를 남길 수 있는 거고요.'

그랬다. 종을 불문하고 생존은 치열한 것이었다. 잡아먹히지 않고 늙어 죽을 수 있다는 것은 대단한 행운이었다. 생명은 그렇게 이어져 온 것이었다. 천적에게 자신이 노출될 것을 알면서도 목청껏 짝을 불러야 했던 무모함이 있어 종은 유지되었다. 그렇다고 위험이 성충에게 더 집중되는 것은 아니었다. 이제 막 탈피한 매미도 위험은 마찬가지였다. 젖은 날개가 마르지 않은 매미는 비상할 수가 없기 때문이었다. 햇빛이 날개를 말려 줄 때까지 하염없이 기다려야만 하는 것이었다. 7년의 인고를 견뎌내고도 날개를 말리지 못한 매미는 날아오를 수가 없는 것이었다. 미도가 다시 말을 이었다.

"부처님께서는 일체 현상을 연기로 설명하셨습니다. 삼천대천세계가 모두 인연이란 것이지요. 애벌레가 껍데기를 벗고 성충이 되듯 구연은 새로운 인연으로 이어져야 하는 것입니다. 대표님은 이제 매미가 되신 겁니다. 바름을 전하기 위해 더 높이 날아오르셔야 합니다."

난 그가 무엇을 말하려 함인지 짐작할 수 있었다. 낡고 바랜 장삼을 추스르며 그는 애써 부드러운 표정을 지었지만, 그에게서 풍기는 기운은 사뭇 단호했기 때문이었다. 굳이 새로운 인연을 거론하지 않더라도, 부러 잡은 결기만으로도 충분히 알 수 있는 일이었다. 소용없다는 것을 알면서도 난 넌지시 속내를 내비쳤다.

"날아오르기에는 아직 제 날개가 마르지 않았습니다."

미도가 갑자기 크게 웃음을 터뜨렸다. 처음으로 보는 그의 호탕한 웃음이었다. 한참을 웃던 그가 갑자기 내 손을 덥석 잡았다.
"이제 다 말랐습니다. 되셨지요? 어떻게 받은 소명인데 이러십니까."
그의 깊은 눈동자가 나를 바라보고 있었다. 준엄한 눈빛이었다. 난 더 이상 어쩔 수 없음을 깨달았지만, 생뚱맞게도 그에 대한 걱정이 올라왔다. 내가 내려가면 그는 또다시 혼자일 것이기 때문이었다.
"스님은요?"
"저도 나가야지요. 사바세계를 밝힐 수만 있다면요. 이 한 몸 태워서라도요."
이 한 몸 태워? 왠지 그의 말이 귀에 거슬렸지만, 난 그 말을 세상을 위한 열정 정도로 이해했다. 액면 그대로 받아들일 수 있는 말은 아니기 때문이었다.
"그러시다면 저를 좀 더 지도해 주시지요. 평생을 공사판에서 거칠게 살아온 사람이라 무엇을 어떻게 해야 할지 솔직히 막막합니다. 다행히 조그만 선원 하나는 지을 여유가 있으니, 제가 자리를 잡을 때까지만이라도 옆에 계셨으면 합니다."
"말씀은 고맙지만, 제가 워낙 늑대 같은 사람인지라 한군데 묶여 있지를 못합니다. 절이든 선원이든요. 이제 우린 서로의 길을 가야 합니다. 대표님은 대표님의 길로, 저는 저의 길로요."
그제야 난 미도의 말이 예사롭지 않다는 것을 느낄 수 있었다. 세상을 밝힐 수만 있다면 이라고 전제는 했지만, 자기 한 몸 태우겠다는 말이나 늑대라는 말은 스님이 할 수 있는 말이 아니기 때문이었다. 더구나 그는 자신의 길을 가겠다고 했으니, 뭔가 심상찮은 일이 벌어질 것만 같았다.

청년 유기상

 '깨톡 깨톡 삐 삐…' 차 안에 두었던 핸드폰을 켜는 순간, 카톡의 알림음과 문자메시지 도착음이 콩 볶듯이 연달았다. 그래도 얼마 전까지만 해도 회사를 경영했던지라 이곳저곳 찾는 사람이 적지 않은 탓이었다. 대부분 견적을 의뢰하는 문자와 무작위로 보낸 광고들이었다. 건성건성 훑어 내리던 중 예사롭지 않은 문자가 눈에 들어왔다. 발신 날짜를 보니 바로 어젯밤이었다.
 「선진흥신소 유기상입니다. 통화가 안 돼 문자를 남깁니다. 정광래 의원 건과 관련해 조용히 뵙고 싶습니다. 누구에게도 말씀하시면 안 됩니다.」
 선진흥신소라면 미도 사건과 관련해 정광래 의원의 뒷조사를 의뢰했던 탐정사무소였다. 그러나 유기상이라는 이름은 아무리 생각해도 생소했다. 나와 상담하고 계약했던 대표는 성이 김씨였고, 다른 직원들은 만난 적도 없었기 때문이었다. 굳이 누구에게도 말하지 말라고 한 것도 꺼림칙했다. 그렇다고 무시하기에는 문자 내용이 자못 의미심장했다. 은근히 올라오는 조바심에 난 발신 번호를 무작정 누르려다 급히 멈추었다. 왠지 전화보다는 문자가 안전할 것 같다는 생각이 들었기 때문이었다.

「이정휘입니다. 사정상 전화를 받을 수 없었습니다. 무슨 일인지요?」

난 단도직입적으로 무슨 일인지부터 물었다. 얼굴도 모르는 그에게 경계심이 먼저 들었기 때문이었다. 하지만, 그에게서 전화가 온 것은 거의 한 시간이 지나 내가 막 서울에 진입할 때였다.

"유기상입니다. 혹시 통화 가능하십니까?"

차량 오디오를 통해서일까, 거친 숨소리까지 섞인 그에 목소리에서 긴장이 묻어났다. 나는 볼륨을 조금 줄이며 또박또박 말했다.

"예, 지금 운전 중입니다. 말씀하시지요."

"정광래 의원에 대한 조사 내용은 모두 거짓이었습니다. 시간 되시면 오늘이라도 뵙고 싶습니다. 제가 자유롭지 못한 입장이라 빨리 만났으면 합니다."

그는 쫓기듯 서둘렀지만, 그래도 애써 예의를 지키려 한다는 것을 느낄 수 있었다. 그렇지만 일면식도 없는 사람이었다. 순간적으로 떠오르는 것은 약속 장소는 가능한 사람이 많은 곳이 안전할 거라는 생각이었다.

"그래요? 그러면 오늘 저녁 뵙지요. 종로타워 스타벅스에서 만나면 어떨까요? 저녁 7시쯤에요."

조금은 이기적이란 생각이 들었지만, 그렇게 사람이 들끓는 곳에서 설마 무슨 일이야 있겠냐는 것이 내 생각이었다. 그러나 그가 외려 당황해하며 급하게 말했다.

"사장님, 제가 사장님 사무실 근처로 가겠습니다. 종로는 저희 회사 부근이라 좀 곤란합니다."

그제야 난 그가 난처한 상황일 수도 있겠다는 것을 깨달았다. 그는 위험을 무릅쓰고 나에게 뭔가를 알려 주려고 하는데, 내가 너무 나만을 생각했던 것이었다. 위험하기로 들면 종로나 수유나 사실 그게 그거였다. 해치고자 한다면 사람이 많고 적음은 문제가 되지 않을 것이기 때문이었다.

"아, 그래요? 그럼 그렇게 하시지요. 시간은 7시 그대로 하시고, 수유역 3번 출구 이삭 커피숍에서 만나지요. 2층입니다."

내가 커피숍에 도착한 것은 약속 시간보다 5분이나 지난 뒤였다. 천천히 걸어도 집에서 15분 남짓 거리였기에 잠깐 여유를 부렸던 것이 원인이었다. 미안한 마음에 급히 들어선 커피숍은 빈자리를 찾을 수 없을 정도로 이미 만원이었다. 대부분 젊은 남녀들이었고, 실내는 그들이 내는 소리로 소란스럽기까지 했다. 장소 선택을 후회하며 두리번거릴 때, 화장실 입구의 2인용 자리에 혼자 앉아 있던 청년이 한 손을 번쩍 들어 보였다. 마치 지인이라도 기다렸다는 듯 자연스러운 몸짓이었다. 내가 마주 손을 들어 보이며 다가가자, 청년은 자리에서 벌떡 일어나 공손하게 고개를 숙여 보였다. 정중한 태도가 몸에 밴 모습이었다.

"유기상입니다. 이렇게 나와 주셔서 감사합니다."
"아, 예. 반갑습니다. 제가 조금 늦었네요. 이정휩니다."

우리는 어색하게 인사를 나누고 자리에 앉았다. 뭔가 쫓기는 듯했던 처음과 달리 유기상은 차분했으며 태도도 정중했다. 그는 세련된 몸짓으로 메뉴를 가리켰고, 난 평소대로 따뜻한 아메리카노를 선택했다. 내가 사겠다는 것을 극구 말리더니, 그가 성큼성큼 매대로 향했다. 주문한 커피가 나오기를 기다리는 동안, 유기상은 탐정과 상담하는 나를 본 적이 있다고 말했다. 금방 알아봤던 것도 그래서였다는 거였다. 그러면서 그는 내가 거액을 내고도 진실을 알지 못하는 것이 안타까웠다고 했다. 그의 말은 전광판에 우리 번호가 뜨는 것으로 중단됐지만, 한마디로 말하면 진실은 따로 있다는 거였다.

"사실 많이 망설였습니다. 그러나 늦게라도 진실을 알려 드려야 할 것 같아 이렇게 뵙기를 청했습니다."

그가 주변을 흘깃거리며 속삭이듯 말했다. 그러고는 스트로우로 아이스아메리카노의 얼음을 달그락 소리가 나도록 휘젓더니, 한 모금 길게 빨아 마시곤 다시 말을 이었다. 정광래의 뒷조사에 투입된 인원은 자기와 서영애라는 여직원이었으며, 그 여직원은 이 분야의 소문난 전문가라고 했다. 두 사람은 연인으로 위장해 정광래의 뒤를 밟았고, 일주일도 안 돼 승용차 안에서 여비서와 성적 접촉을 하는 그를 특수 카메라로 촬영하는 데 성공했다고 했다. 그런데 정작 그들을 놀라게 했던 것은 차 안에 설치했던 도청 장치를 회수한 뒤라는 것이었다.

"그런데 그 녹취자료를 선배에게 빼앗기고 말았습니다. 불륜 증거를 잡고자 했던 도청에서 심상치 않은 내용이 나와 선배와 상의했던 것이 실수였습니다. 제가 순진했던 거죠. 마음만 먹으면 복사본 하나쯤 만들어 두는 것은 일도 아닌데 말이죠."

"선배라면 그 탐정?"

"예, 맞습니다. 선배는 그 자료로 정 의원과 뭔가 딜을 했음이 틀림없습니다. 왜냐하면, 서영애 씨와 저에게 각각 천만 원씩이나 주면서 비밀 엄수를 당부했으니까요. 이 바닥에선 배신이 곧 죽음이기에 우린 선배의 말을 받아들일 수밖에 없었습니다."

유기상은 주변을 의식해서인지 작은 소리로 말했기에 나는 그의 말을 놓치지 않기 위해 상체를 최대한 앞으로 기울여야 했다.

"그래요? 그 사람이 그렇게까지 했다는 것은 뭔가 대단한 것이 있나

보네요."

"선배의 목적이 돈이 아니었던 것은 분명합니다. 그 후에도 정 의원을 여러 번 만나는 눈치더니 아예 그의 보좌관으로 들어갔으니까요. 흥신소는 자기 사촌에게 맡기고요. 전 솔직히 그들의 일에 더 이상 말려드는 것이 두렵기도 했지만, 그 일이 너무 싫어졌습니다. 그래서 그만둔다고 했던 거고요."

"그랬군요. 그래…"

난 그래서 그 녹취 내용이 무엇이었냐고 물으려다가 입을 다물고 말았다. 옆자리의 여학생과 내 눈이 마주쳤기 때문이었다. 여학생은 이내 자기들의 대화로 돌아갔지만, 아무래도 이대로 대화를 계속한다는 것이 위험할 것 같았다. 난 유기상에게 자리를 옮기는 것이 어떻겠냐고 넌지시 건의했고, 그도 자리가 부담스러웠던지 흔쾌히 동의했다.

우리가 자리를 옮긴 곳은 한 블록 건너의 수변 공원이었다. 운동하는 사람들이 몇몇 보이긴 했지만, 더위 때문인지 공원은 비교적 한산했다. 우리는 의도적으로 보행로에서 좀 떨어진 잔디밭에 자리를 잡았다. 그가 주변을 한번 휙 둘러보더니 입을 열었다.

"차라리 처음부터 이곳으로 올 걸 그랬습니다. 한적하고 좋네요."

"그러게요. 그래 그 녹취 내용은 무엇이었습니까?"

급한 마음에 마치 심문이라도 하듯 재촉하는 나를 유기상이 머쓱하게 바라보았다.

"대부분 잡다한 것이었고 의심스러운 것이 서 가지 정도 있었습니다. 민주개혁당 최고 의원과 어떤 매체인지는 모르겠지만 양 기자라는 사람과의 통화, 그리고 신유림이라는 여비서와 차 안에서 나눈 대화였습니다."

"그래요? 민주개혁당 최고 의원이라고요?"

유기상이 500ml 생수병을 들어 병째로 거의 반이나 마셨다. 조금 전 아이스커피를 톨사이즈로 마신 뒤였으니, 그가 얼마나 속을 끓이는지 짐작할 수 있었다. 손등으로 입가를 훔친 유기상이 비장한 표정으로 말했다.

"예! 바로 이경명 의원이었습니다."

이경명이라고? 그는 대통령과 가깝다는 이유로 한참 주가를 올리고 있는 여당인 민주개혁당의 4선 의원이었다. 극단적 성향과 이권 개입 의혹으로 야당으로부터 형사고발까지 되었지만, 개의치 않고 의정활동을 하는 대담한 인물이기도 했다. 그런 인물의 비밀 얘기를 훔쳐 들었다니 두려울 만하다는 생각은 들었다.

"그래요? 알고 보면 정치인들이란 다 그렇고 그런 사람들이지요. 그래 그들이 뭐라던가요?"

자칫 난 '놈'이라는 표현을 쓸뻔했지만, 가까스로 '사람'이란 단어로 대체할 수 있었다. 그러면서도 유기상이 부담을 덜 갖도록 의도적으로 다 그렇고 그런 사람일 뿐이라며 대수롭지 않게 말했다.

"정 의원은 이 의원에게 송남지청장에 이영우라는 여주지검 차장검사를 승진 임명하라고 했습니다. 마치 명령하듯이요. 그리고 서기관급 공직 세 자리를 어느 부처에서든 확보해 달라고 하더군요. 추천할 사람이 있다고요."

나는 들고 있던 물병을 놓칠 정도로 충격을 받았다. 한때 뇌물과 담합이 난무하는 시절도 겪어 봤지만, 야당 초선이 여당 실세에게 그런 식의 말을 했다는 것은 상상조차 할 수가 없었기 때문이었다. 더구나 그것이 공직을 놓고 벌인 일이라니 더 놀라울 뿐이었다.

"정말인가요?"

차마 믿기 어려운 사실에 난 나도 모르게 정말이냐고 묻고 나서야 내 말이 실수였음을 깨달았다. 듣기에 따라서는 유기상이 믿을 수 없는 사람이 될 수도 있기 때문이었다.

"아, 내 말은 그래도 명색이 국회의원인데 그런 짓까지 했을까 싶어서요. 하긴 정치판이 워낙 개판이니, 그런 자들도 있긴 하겠지요. 그래 이경명이 그 말을 받아 주던가요?"

"이 의원은 그게 그렇게 쉬운 일이 아니라고 하면서도 좀 더 기다려 보자고만 하더군요. 그것도 사정하듯이요."

사정하듯 했다고? 그 정도라면 정광래가 이경명의 목줄을 쥐고 있다는 의미였다. 아무리 세상이 잘못되었어도 야당 초선이 여당 최고를 향해 그런 식의 말은 할 수 없었기 때문이었다. 유기상이 다시 말을 이었다.

"그래도 사진 몇 장은 건졌습니다. 포렌식 하려고 일부 빼 두었던 것이 효자 노릇을 했네요. 문제는 열상 촬영이어서 누구인지 특정할 수는 없다는 겁니다."

유기상이 바지 주머니에서 황금색 USB를 꺼냈다. 정광래와 여비서의 밀회 사진이 담겼다는 USB였다. 그에게서 USB를 건네받는 순간, 불현듯 미도의 얼굴이 떠올랐다. 공정한 업무처리를 했다는 이유만으로 미도는 그들에게 철저히 농락당했던 것이었다. 자신들의 목적을 위해서라면, 다른 사람의 인생쯤은 아무렇지도 않게 여기는 그들에게 나도 모르게 강한 증오가 올라왔다. 하지만, 난 애써 증오를 누르며 양 기자와의 대화에 관해 물었다.

"그래 양 기자에겐 뭐라고 하던가요?"

"어이없게도 자기 당대표인 강호식 의원의 비리 의혹을 흘리더군요. 우산동 산업단지 유치 과정에서 환경영향평가 조작을 주도했다고요."

"참 용서할 수 없는 자들이네요. 국회의원들이 국민만 바라보면 되지 왜 그런 짓들을 하는지… 그건 그렇고 여비서와는요?"

유기상이 반쯤 남은 물을 마저 마셨다. 이번에도 병째였다. 난 뚜껑도 열지 않은 내 물병을 유기상에게 건넸다. 그는 그래도 물이 부족했던지, 사양하지 않고 받았다.

"감사합니다. 두 사람은 사장님이 의심하신 것처럼 불륜이 맞았습니다. 그렇지만 제가 보기엔 신유림은 단순한 불륜 상대 이상이었다는 것입니다. 뒤에서 마치 정 의원을 조종하는 것처럼 보였으니까요. 공직을 요구한 것도 그녀였고요."

"예?"

"이경명 의원에게 서기관급 공직 3자리를 요구했던 것이 바로 신유림이었다는 겁니다."

단순히 미도의 명예 회복을 위해 시작했던 일이었는데, 상황은 미묘하게 흘러가고 있었다. 문제는 증거가 사라졌다는 것이었다. 가장 확실했던 녹취자료를 빼앗겼기 때문이었다. 그렇다고 사실을 안 이상 물러설 수는 없었다. 이제는 나라를 위해서라도 어떻게든 방법을 찾아야 했다.

"혹시 그 증거를 다시 확보할 수는 없을까요? 가령 탐정의 USB를 다시 훔쳐낸다거나, 아니면 한 번 더 그들을 도청한다거나 하는 거요."

유기상의 입장을 헤아렸다면 차마 할 수 없는 말이었지만, 다급한 마음에 나도 모르게 그런 말을 내뱉고 말았다. 유기상이 황당하다는 듯 나를 바라보더니, 천천히 또박또박 강조하듯 말했다.

"사장님, 전 이미 이 일에서 손을 뗐습니다. 두 번 다시 그들과 얽히고 싶지 않으니, 이젠 사장님께서 직접 해결하시는 것이 맞을 것 같습니다."

"미안합니다. 그런 놈들을 두고 봐야만 한다는 것이 화가 나서 그만…"

유기상은 대답 없이 먼 산만 바라보았다. 진실을 밝히기까지 그의 갈등도 만만치는 않았을 것이었다. 위험을 무릅쓰며 진실을 알려준 그에게 보상은커녕 외려 추가 요구를 했으니, 그의 마음이 어떨지 충분히 짐작할 수 있었다. 난 진심으로 다시 한번 정중하게 사과했다.

"유 선생이 이렇게 진실을 알려 준 것만으로도 감사한 일인데, 제가 지나쳤습니다. 사과드립니다."

내 진심이 전달되었음일까. 그가 길게 한숨을 내쉬더니 천천히 입을 열었다.

"진실해라. 하느님께 죄짓지 말아라. 제 어머니가 늘 하시는 말씀입니다. 그렇지만, 그렇게 사는 것이 옳은 것인지는 솔직히 잘 모르겠습니다. 정직할수록 손해가 따랐던 경우를 전 수없이 보았으니까요. 아무튼 이제 이일은 사장님께서 알아서 잘 처리하셨으면 합니다."

유기상이 말을 마치는가 싶더니 자리에서 벌떡 일어섰다. 금방이라도 어디론가 훅 날아가 버릴 태세였다. 난 반사적으로 그의 팔을 붙잡았다. 나도 모르게 나온 행동이었다. 돌발적인 내 행동에 놀랐는지 그가 멍하니 바라보았다.

"저, 잠깐만요. 우리가 바르게 살아야 할 이유는 죽음이 끝이 아니기 때문입니다."

"뭐라고요?"

"어디서부터 어떻게 이야기해야 할지 모르겠지만, 전 죽어 봤습니다. 정말로 사후세계를 다녀왔단 말입니다. 그래서 죽음이 끝이 아니란 것을 알았습니다. 우리가 어떻게 살아야 하는지도요."

 난 진정 간절했다. 나의 죽음에서부터 미도와 헤어진 오늘 아침에 이르기까지 난 고해성사라도 하듯 진심으로 토로했고, 유기상은 숨소리 하나 없이 경청했다. 자정이 후딱 지났지만, 우린 시간도 느끼지 못할 만큼 대화에 몰입했다. 얼마나 되었을까. 갑자기 유기상이 울음을 터뜨렸다. 어깨까지 들썩이며 오열하던 그가 입을 연 건, 울음을 멈추고도 한참이나 지난 뒤였다.
 "말을 배우면서부터 전 과자나 장난감보다 천국과 지옥이라는 말을 더 많이 들었을 겁니다. 독실한 크리스천인 엄마 덕분에요. 그러나 전 초등학생 때부터 천국이나 지옥은 산타클로스와 같은 것이라고 믿게 되었습니다. 왜냐하면, 사람들은 천국을 말하면서도 천국 갈 일은 하지 않았으며, 지옥을 말하면서도 누구도 지옥을 두려워하지 않았으니까요. 그러나 그게 아니었다는 것을 깨달은 건, 아버지의 임종을 지키면서였습니다. 전 그때 아버지의 영혼이 빠져나가는 것을 느꼈으니까요. 아주 선명하게요."
 "그랬었군요."
 "사장님 말씀을 듣고서야 죽음이 끝이 아니었다는 것을 까맣게 잊고 있었음을 깨달았습니다. 바르게 살라고 하신 아버지 말씀도요."
 돌아가신 아버지 생각에 그는 그렇게 흐느꼈던 것이었다. 그의 아버지가 말했다는 바르게 살라는 의미가 법과 양심을 지키는 것이었는지는 모르겠지만, 확실한 것은 그도 바름과 무관하지는 않다는 것이었다.

유기상이 고개를 돌려 나를 바라보았다. 붉게 충혈된 그의 두 눈은 분명히 뭔가를 갈구하고 있었다. 미도가 그랬던 것처럼 나는 유기상과 눈을 맞추며 조용하게 말했다.

"그렇습니다. 죽음은 끝이 아니었습니다. 그래서 우린 바르게 살아야 하는 겁니다. 전 그 사실을 세상 사람들에게 알리고자 하는 것입니다. 그들을 위해서요."

바만사

 유기상은 첫인상대로 참 바른 젊은이였다. 함께한 시간은 겨우 한 달 남짓이었지만, 그는 속도 겉도 반듯함이 한결같았다. 거기에 성실함까지 더했으니 속된 말로 흠잡을 데라곤 눈곱만큼도 없어 보였다. '바만사'라는 이름도 그의 제안이었다. '바른 사회를 만드는 사람들'의 줄임말이라고 했다. 그의 표현대로라면 시민단체의 이름도 트렌디해야 한다는 것이었다. 무엇이 트렌디하다는 것인지는 모르겠지만, 바름이 들어간 것은 분명하니 이름은 그냥 그의 말을 따르기로 했다. 사실은 들으면 들을수록 왠지 맛깔나는 느낌이었다.
 계획대로 고시원으로의 개조 공사도 착수했다. 겨울이 오기 전 오픈하려면 서둘러야 했기 때문이었다. 공사는 내 손으로 직접 하고 싶었지만, 후배의 인테리어업체에 맡기기로 했다. 이미 내 회사를 협회장에게 넘겼기 때문이었다. 평생 일구어 온 회사를 넘긴다는 것은 섭섭했지만, 그래도 더 큰 회사로의 합병이었으니 직원들을 위해서는 오히려 잘된 일이었다.
 바만사 사무실은 상가 공실을 활용했다. 임시 사용이었고 식구도 아직은 나와 유기상뿐이었으니, 집기는 있던 것을 그대로 사용했다. 그래도 사무실 입구의 명판만은 새로 달아야 했기에 '바만사' 아래에 작은 글씨로 '바른 사회를 만드는 사람들'이라고 따로 새겼다. 굳이 아크릴 명판이나마 붙였던 것은 우편물을 고려한 것이었다. 이 모든 것이 유기상을 만나고 불과 한 달 사이에 이루어졌다.

자리가 잡히자 우린 보덕암부터 찾았다. 미도에게 그간의 소식을 전하기 위해서였다. 유기상도 그를 하루빨리 만나고 싶어 했지만, 난 작은 성과라도 있어야 그를 만날 수가 있었다. 왜냐하면, 그를 실망시키고 싶지 않아서였다. 그래서 서둘러 바만사를 결성하고 자리가 잡히자, 그부터 찾은 것이었다.

"전에도 말씀드렸지만, 모태 신앙이었던 제가 하느님을 부정했던 적이 있었습니다. 그러나 아버지의 임종을 지키면서 전 제 생각이 잘못됐다는 것을 알았습니다. 그날 전 분명히 아버지의 영혼이 빠져나가는 것을 느꼈거든요."

유기성이 산을 오르며 뜬금없이 말했다. 독백처럼 한 말이었지만, 맥락상 그것은 내 의견을 묻는 것이나 마찬가지였다. 난 잠깐 망설이다가 미도의 말로 대답을 대신했다.

"죽는다는 것은 몸에서 생명이 빠져나가는 것을 말합니다. 그것은 생명 유지가 전적으로 물질인 몸에 의해 이루어지는 것만이 아님을 방증하는 것이지요. 유 선생의 하느님인지는 모르겠지만, 신은 분명히 존재합니다. 다만, 세상일에 개입하지 않을 뿐이지요."

"대표님은 신을 만나셨나요?"

마치 내 입에서 그런 대답을 기다렸다는 듯 유기상이 되잡아물었다. 그는 그 무렵 나에 대한 호칭을 사장에서 대표로 바꿨었다. 건설회사를 넘긴 것도 이유였지만, 이제는 시민단체 '바만사'의 대표였기 때문이었다.

"그분은 우리가 만날 수 있는 분이 아니었습니다. 다만, 전 그분이 계시지 않으면 안 되는 이유는 분명히 보았습니다. 그것은 바로 우주였습니다. 잠깐 한 눈이라도 팔면 금방이라도 무너질 것 같은 그 광대한 시스템은 절대 우연히 존재할 수 있는 것이 아니었습니다. 수천억 개의 거대 별들이 한 치 오차도 없이 일사불란하게 돌아간다는 것을 상상해 보십시오. 우리 우주는 신이 아니면 존재할 수 없는 것이었습니다. 우리는 그 속, 한 점 푸른 행성에 살고 있고요. 초속 30km의 무지막지한 속도로 달리면서요."

땀도 식힐 겸 우리는 오솔길 옆 커다란 떡갈나무 그늘에 자리를 잡았다. 도랑물도 제법 넓게 고여있는 곳이어서 보덕암을 오를 때마다 잠깐씩 쉬어 가던 곳이었다. 이마에 송골송골 맺힌 땀을 훔치며 유기상이 넌지시 말을 이었다.

"말티즈 한 마리를 키웠었습니다. 이름은 행이였고요. 그런데 행이에겐 분명히 마음이 있었습니다. 저하고는 정말로 통했으니까요."

유기상의 의도는 알 수 있었다. 애완견과의 소통을 예로 들었지만, 그는 인간에게만 마음이 있다는 내 말에 끝내 동의할 수 없었음이다. 그의 진중한 성품으로 보아 그가 그동안 얼마나 고민했을지도 짐작이 갔다. 이번에도 난 미도의 말에서 대답을 찾아야 했다.

"얼마 전 범고래 한 마리가 죽은 새끼를 떠받치고 무려 1,600km를 헤엄쳤다는 기사를 읽었습니다. 죽은 새끼가 물속으로 가라앉지 않도록 말이지요. 겨우 호두알만 한 산새들도 천적이 알이 있는 둥지에 접근하면 죽을 줄 모르고 덤벼듭니다. 누군들 그것을 보고 그들에게 마음이 없다고 하겠습니까? 그러나 미도 스님은 그것은 본능이지 마음은 아니라고 했습니다. 본능은 말 그대로 유전자의 프로그램입니다. 대대로 이어지는 것이지요. 그래서 종족 유지가 되는 것이고요. 유 선생의 행이도, 범고래도, 산새들도요."

한참을 침묵하던 유기상이 다시 입을 열었다. 그의 표정은 다소 굳어 있었다.

"대표님도 그렇게 생각하시나요?"

"주인에 대한 개의 한결같은 충성이나, 알을 보호하려는 산새의 희생은 마음이 아니면 사실 이해하기 어렵지요. 그러나 그것은 모든 생명체의 유전자가 기본적으로 가지는 성질이지 마음은 아니랍니다. 다시 말해 지능이나 감정이라는 거지요. 그래서 지능이 높을수록 그런 성향은 더 높고요. 하지만 마음은 유전자를 넘어서는 것이랍니다. 이를테면 자유의지 같은 것이지요."

대답은 그렇게 했지만, 솔직히 나 역시도 의문이 아주 없는 것은 아니었다. 그러나 미도는 한결같이 인간만이 마음을 가진 영적 존재라고 했다. 그러나 거기까지였다. 그도 더 이상의 설명은 없었다. 하긴, 그것은 스스로 죽어 보지 않는 한 이해할 수 없는 문제였다. 인류의 과학이 250만 광년의 안드로메다를 단 한 시간 만에 다녀올 수 있다고 해도, 영의 영역은 과학이 접근할 수 있는 곳이 아니기 때문이었다.

뭔가 싸한 느낌이었다. 그제야 난 임도 가장자리에 단단히 박혔던 '普德庵(보덕암)'이라고 쓴 말뚝이 없어졌음을 발견했다. 아니 없어졌다기보다는 지면에 접해 뎅겅 잘려 나간 모습이었다. 조금의 돌출도 용납하지 않겠다는 듯, 뿌리만 남긴 말뚝 옆으로는 성긴 톱밥이 주검처럼 널브러져 있었다. 바람에 흩어지지 않은 것으로 보아 잘린 시간은 얼마 되지 않은 것으로 보였다. 갑자기 불길함이 밀물처럼 몰려들었다. 자기 몸을 태워서라도 세상을 밝히고 싶다는 그의 말이 생각났기 때문이었다. 난 영문을 몰라 하는 유기상을 뒤로하고, 자갈이 깔린 진입로로 뛰어들었다.

불길한 예감은 역시 틀리지 않았다. 살갗을 스치는 공기만으로도 암자가 비었다는 것을 알 수 있었다. 더구나 문마다 채워진 투박한 자물쇠는 그의 부재가 짧지 않다는 것을 의미했다. 그 흔한 핸드폰까지 없었기에 그와 연락할 방법은 이제 없는 것이나 마찬가지였다.

"대표님, 이거 대표님 편진데요?"

유기상이 다가와 하얀 봉투를 내밀었다. 봉투를 모아 쥔 손이 참 공손해 보였다. 봉투에는 '이정휘 대표님 친전'이라고 붓으로 굵게 씌어 있었다. 미도는 이번에도 내 방문을 예견했던 것이었다.

"어디에 있던가요?"

"현판 뒤에 꽂혀 있었어요. 보덕암이라고 쓴 현판이요."

처음 이곳을 방문한 유기상은 현판부터 보았을 것이고, 그래서 그 뒤에 꽂혀있던 봉투를 쉽게 발견했을 것이었다. 하얀 편지지에는 미도의 품성을 말해 주는 듯 반듯한 정자체가 또박또박 박혀 있었다.

외로운 늑대

이정휘 대표님께.

9년 전 대표님을 처음 만났을 때 '참 특별한 분이시구나' 하는 느낌은 있었지만, 이렇게 깊은 인연을 주실 것임은 미처 생각지 못했습니다. 대표님의 영계 체험은 상상할 수 있는 일이 아니었으니까요. 그래서인지 아무리 생각해 보아도 영계의 빗장이 풀렸던 건, 신의 의도가 아니었을까 하는 생각입니다. 2억 년을 존속했던 공룡들의 멸종에도 눈길 한번 주지 않았던 신이니까요.

어쨌든, 대표님으로 인해 우리가 살아야 할 이유는 명확해졌습니다. 세상에 나온 지 6백만 년 만에요. 그것은 역시 죽음이 끝이 아니라는 것이었습니다. 그러나 그것을 세상에 알리기란 그리 쉽지 않을 것 같습니다. 왜냐하면, 대표님처럼 영계를 주장하는 이들도 적지 않았지만, 사람들은 그들의 말을 그렇게 신뢰하지 않았기 때문입니다. 눈에 보이지 않는다거나, 과학적 설명이 불가능하다는 이유로요.

하지만, 대표님이 직접 보셨듯이 죽음은 끝이 아니라 새로운 시작이었습니다. 너무나 강고하여 영원할 것 같던 부조리들도 그곳에서는 여지없이 교정되고 치유되었습니다. 과학이 절대 불가능하다고 했던 엔트로피도 제로가 되었고요. 거꾸로 흐르는 강물처럼 말입니다. 말 그대로 그곳은 완벽 그 자체였습니다.

그래서 삶은 바름이어야 하는 것이었습니다. 우리끼리 살기 위해서 말입니다. 바름은 우리가 합의한 법과 각자의 양심입니다. 따라서 바름이 무너지면 우리도 무너지는 것입니다. 우리가 무너진다는 것은 지구 생태계 전부의 붕괴를 의미하는 거고요. 그것은 지구의 종말을 뜻합니다. 어떤 생명체도 방사능이 안개처럼 흐르는 곳에서는 살 수 없을 테니까요.

그러나 바름은 초원을 적시는 봄비처럼 조용하고 평화롭게 세상 속으로 스며들어야 합니다. 광풍처럼 몰아치는 신념이나 사상은 아니니까요. 바람에 걸리지 않는 그물처럼, 소리에 놀라지 않는 사자처럼, 진흙에 물들지 않는 연꽃처럼, 무소의 뿔처럼 의연하게요.

2022. 10. 5.
외로운 늑대 미도 드림

먼저 눈에 들어왔던 말은 바름이 시급하다는 것이었지만, 정작 가슴을 철렁 내려앉게 했던 것은 '외로운 늑대'라는 단어였다. 미도와 작별하던 날, 그는 처음으로 자신을 '늑대'라고 칭했었다. '소승'이라거나 아니면 '빈승'처럼 스님이 자신을 지칭하는 단어가 엄연히 존재함에도, 그는 수계를 받지 못했다는 이유로 자신을 항상 '저'라고 낮추었었다. 그랬던 그가 법명 대신 그 섬찟한 단어를 이름 앞에 붙인 것이었다. 마치 모종의 중대 결심을 이미 끝낸 사람처럼 단호하고 당당한 공지였다.

"미도 스님이 외로운 늑대였다고요?"

"유 선생은 그 말이 뭔 뜻인지 압니까?"

정작으로 궁금했던 것은 나였다. 되묻는 내가 의아했는지 잠시 머뭇거리던 유기상이 입을 열었다.

"무리 생활을 하는 늑대가 혼자 활동한다는 것이니까 좋은 의미는 아니지요. 미국에서는 조직에 속하지 않고 독립적으로 활동하는 테러리스트를 외로운 늑대라고 불렀답니다. 설마하니, 미도 스님이 그런 의도로 쓰신 말은 아니겠지만요."

테러리스트라고? 유기상의 말처럼 그런 의미는 분명 아닐 것이었다. 밥 먹듯 바름을 주장했던 사람이 언감생심 그럴 수는 없을 것이기 때문이었다. 그렇다고는 해도 슬금슬금 올라오는 불안은 어쩔 수 없었다.

돌아온 미도

또 한 달이 후딱 지났다. 상가는 이제 제법 고시원의 모양을 갖추었다. 법규상 면적 제한으로 2층과 3층만 고시원으로 하고, 각층에 방을 15개씩 30개를 만들었다. 다른 곳처럼 공동 화장실과 부엌을 층별로 하나씩만 두고 방 규모를 줄이면 그 두 배도 너끈했었지만, 난 굳이 방 크기를 아홉 평으로 했다. 방마다 부엌과 화장실을 들여 사적 영역을 온전히 확보해 주고 싶어서였다. 대신 1층은 식당과 가게로 임대해 부족한 건물 유지비를 충당하기로 했다. 고시원 월세로는 공과금 정도나 겨우 해결할 수 있을 것이기 때문이었다. 4층은 '바만사' 사무실과 우리 식구가 거주할 살림집으로 개조했다. 고시원 관리도 해야 했지만, '바만사' 일에 집중하기 위해서였다. 고시원 이름은 아내의 뜻에 따라 '행복한 고시원'으로 지었다.

입주자는 당현구청 복지과의 추천을 받아 선정했다. 아무나 받아들이는 것보다 자립 의지는 강하지만, 형편이 좋지 않은 사람들에게 우선 도움을 주고 싶어서였다. 대신 거주 기한은 최대 2년으로 제한했다. 그래야 조금이라도 더 많은 사람에게 혜택을 줄 수 있기 때문이었다. 그러나 선의가 반드시 좋은 결과로 이어지는 것은 아니었다. 아무리 내 것이라도 내 마음대로 할 수 없는 것이 있었다. 이를테면 고시원 월세를 책정하는 것이 그랬다. 이미 형성되어 있는 시장가격을 우리 고시원만 턱없이 낮추었으니, 인근 고시원들의 항의가 만만치 않았기 때문이었다. 이번에도 오희국 의원과 구청장이 나서서 '당현구청 제휴 쉼터'란 간판을 달고, 구청에서 추천하는 사람만 받는 조건으로 해결할 수 있었다.

"대표님, 우리 카페 회원이 드디어 천 명을 넘었습니다."
유기상은 보덕암에서 내려온 다음 날부터 카페 개설에 집중했다. 어릴 때부터 컴퓨터에 관심이 많았다는 그는 틈만 나면 인터넷에 빠지곤 했었다. 고등학교 때 벌써 컴퓨터활용능력 2급 자격까지 취득했지만, 어쩌다 보니 대학은 체대를 다녔다고 했다. 하긴 나도 뭔지도 모르고 토목을 전공했으니, 우린 소질보다는 조건을 따른 셈이었다.
"연예인 팬 카페도 아닌데, 벌써 그렇게 많이 가입했어요? 2주도 채 안 됐는데?"
"그러니까요. 저도 놀랐습니다. 대표님 인사말과 바름을 소개하는 글만으로 천 명이 가입했다는 것은 그만큼 우리 사회가 바름을 갈망했던 게 아닐까요?"
"그러면 다행이지만, 다른 의도가 개입되었다면 그것도 문제지요. 영리 추구를 목적으로 했다든가 하면요."
"그럴 수도 있겠네요. 그런데 아까 대표님이 뭐라고 하셨어요? 연예인 팬 카페요?"
"예, 왜요?"
무심코 뱉은 '연예인 팬 카페'란 내 말에서 유기상이 배우 유영을 떠올린 것이었다. 유영은 톱 배우는 아니었지만, TV 드라마와 예능프로에도 수시 출연해 꽤 알려진 연예인이었다. 놀라운 건 그녀가 유기상의 4촌 동생이라는 거였다.

"유영의 본명은 유인영입니다. 형편이 어려워 중고등학교를 우리 집에서 다녔어요. 작은아버지 사업이 갑자기 잘못되어 작은집 식구들이 뿔뿔이 흩어져야 했었거든요. 대개 그런 친구들이 좌절하는 경우가 많은데, 인영이는 성격도 밝고 공부도 잘해 귀염을 많이 받았어요. 지금도 저희와는 자주 연락하고 집에도 가끔 들릅니다. 아마 제가 부탁하면 거절하지 않을 거예요."

"그래도 우리가 연예인 팬 카페도 아닌데 그건 좀 그렇지 않을까요? 회원 확보가 목표도 아니고…"

"당연합니다. 그렇지만 바름을 알리는 것이 우선이잖아요. 나쁜 일도 아닌데 인영이가 도와주면 좋지 않을까요?"

그렇게 해서 유영도 우리 '바만사'의 회원이 되었다. 유영은 바쁜 스케줄로 나흘 뒤 늦은 시간에야 우리 사무실을 방문했고, 그 자리에서 직접 회원으로 등록했다. 놀라운 건 그녀가 바름에 대해 상당한 열의를 갖고 있다는 거였다. 마치 기다리기라도 했던 것처럼, 그녀는 바만사의 출발을 진심으로 기뻐했다. 이야기가 무르익으며 그녀는 자신의 청소년 시절 이야기도 들려주었다. 마치 자신이 얼마나 바름을 추구했었는지를 증명이라도 하듯 그녀는 내내 거침이 없었다.

"큰엄마는 저를 정말 친딸처럼 생각하셨어요. 오빠도 물론 그랬고요. 그렇지만, 솔직히 마음 한구석에는 돌덩이 같은 무엇이 항상 걸려 있었어요. 성인이 되어서야 그것이 부조리한 사회에 대한 분노였다는 걸 알았어요. 일종의 화병이었지요. 아빠를 속인 사람들, 그런 형편없는 사람들에게 속아 넘어간 아빠, 우리 가족의 억울함을 끝내 외면했던 이

나라의 법, 수족마저 몽땅 잘려 버린 아빠를 버리고 떠난 엄마, 오래된 장롱에까지 빨간딱지를 붙였던 비정한 공무원들, 불우이웃돕기 대상자 지정으로 스승의 의무를 다한 것처럼 생색내던 담임 선생님, 그 모든 것이 제겐 부당하게만 보였으니까요."

유기상이 슬며시 그녀의 등을 토닥여 주었다. 그녀가 괜찮다는 듯 유기상을 향해 싱긋 웃음을 지어 보이며 말을 이었다.

"몹시 춥던 어느 겨울날, 차 한 대 지나지 않는 횡단보도에서 울면서 녹색신호를 기다렸던 적이 있었어요. 보란 듯이 무단횡단을 하던 사람들이 보내던 눈빛이 경멸이란 걸 알았지만, 전 끝까지 신호를 기다렸어요. 그때 전 중학교 1학년이었고, 엄마 아빠도 없던 아이였으니까요. 제가 바르지 않으면, 큰엄마가 실망할 수도 있다는 생각 때문이었어요."

유기상의 눈가에 살짝 눈물이 맺혔다. 유영이 핸드백에서 빨간 손수건을 꺼내더니 유기상의 눈가를 화장이라도 하듯 콕콕 찍어냈다. 사촌간이라지만, 두 사람의 우애가 애틋해 보였다. 그날 유영은 바만사의 회원이자 설립 발기인이 되었다.

"잘 계셨습니까? 사장님!"

모르는 전화번호여서 받지 말까 하다가 받았더니 뜻밖에도 미도였다. 일찍 저녁 식사를 마치고 아내와 차를 마시던 중이었다.

"아니, 스님! 그렇게 떠나시면 어떻게 합니까? 지금 어디세요?"

"보덕암을 다녀오셨군요. 죄송하게 됐습니다. 그건 그렇고 지금 수유역 공중전화 부스인데 잠시 뵐 수 있겠습니까?"

난 급한 대로 약속 장소를 '이삭'으로 정했다. 유기상을 만났던 곳이었다. 딱히 생각나는 곳도 없었지만, 미도가 이미 수유역으로 와 있었기 때문이었다. 서둘러 도착했더니, 창가 쪽 자리를 차지하고 있던 그가 한 손을 번쩍 치켜들었다. 여전히 밝은 얼굴이었지만, 커다란 두 눈에 어른거리는 수심은 감추지 못했다. 난 그의 얼굴을 유심히 살피며 급한 대로 안부부터 물었다.

"스님, 건강은 어떠세요? 지금 계시는 곳은 어디고요?"

"예, 저는 괜찮습니다. 머무는 곳이야 어디면 어떻습니까. 잘 지내고 있습니다."

"스님, 제가 마침 고시원을 오픈합니다. 이달 말에요. 방도 넉넉하니 저와 함께 계시는 것이 어떨까요? 말씀대로 바른 사회를 만드는 사람들이라는 비영리단체도 만들었거든요. 어저께 세무서 신고도 마쳤고요. 발기인으로는 저와 유기상이라는 젊은 친구, 그리고 제 아내와 유영이라는 배우가 참여했습니다."

"오! 그래요? 참 잘하셨습니다. 듣던 중 반가운 얘기네요."

미도는 기뻐하면서도 함께하겠다는 대답만은 끝내 하지 않았다. 그가 그러는 데는 그럴만한 이유가 있을 것이라 여겨 나도 더 이상 권하지는 않았지만, 왠지 서운한 마음은 금할 수 없었다. 대신 우린 '바만사' 운영과 관련해 이야기를 나눴다. 날로 혼란해지는 국내외 정치 상황에 맞물려 바름의 당위성은 두말할 것도 없었지만, 문제는 사람들의 공감을 어떻게 끌어내냐였다. 덥석 일부터 벌여 놓고 나니, 너무 무모했던 것 같아 두렵던 참이었다.

"적십자 운동도 평범한 청년의 작은 선행에서 비롯되었습니다. 나비 한 마리의 날갯짓이 토네이도를 일으킬 수도 있다는 말입니다. 지금 세상은 투하를 기다리는 폭탄만으로도 열 번은 더 파괴될 것입니다. 시간이 없습니다. 지금 당장 바름을 회복하지 않으면 인류는 여기까지일 것입니다. 두려워하지 마십시오."

외로운 늑대? 돌연 유기상의 말이 뇌리를 스쳤다. 그렇게 침착하고, 깊이를 알 수 없는 샘처럼 고요했던 미도가 지금은 전혀 다른 모습이었다. 당장이라도 우리 머리 위로 폭탄이 날아들 것처럼 그는 서두르고 있었다. 그렇게 봐서일까. 정말로 신분을 숨긴 테러리스트처럼 그의 눈빛은 신념으로 활활 타오르는 것 같기도 했다.

"그렇다고 지금 당장 무슨 일이 일어나기야 하겠어요?"

나의 다소 날 선 반응에도 그는 개의치 않고 말을 이었다.

"만약 김정은이 전쟁을 결심했다고 가정해 보십시오. 그가 미사일 발사 버튼을 누르는 데 얼마나 시간이 걸릴 것으로 생각하십니까? 그는 의회의 동의를 구할 필요도 없습니다. 그냥 결심과 동시에 명령만 하면 되는 것이지요. 미사일의 속도는 무려 마하 5이고요. 그의 명령과 동시에 발사된 미사일이 소리보다도 다섯 배나 빠르게 날아들 거란 말입니다. 평양에서 쏘면 2분도 채 되지 않아 서울에 떨어진다고요."

"아무리 그래도 전쟁이 그리 쉬운가요? 그러면 그들도 무사하지 못할 텐데."

미도는 내 말은 아랑곳하지 않고 자기 말을 이어갔다. 아무래도 그동안 그를 그처럼 변하게 한 모종의 사건이 있었음이 틀림없었다. 평소답지 않게 거칠게 잔을 내려놓은 그가 다시 말을 이었다.

"그건 중요하지 않습니다. 더구나 그놈은 속도만 빠른 게 아니라 이동 경로도 예측할 수가 없답니다. 미사일 방어망이 소용없다는 거예요. 그런 미사일이 서울을 향하고 있는데 우리는 지금 뭘 하고 있나요? 정부는 무능하고, 국회는 허구한 날 싸움질이지 않습니까?"

미도가 얼음만 남은 커피잔을 들어 쭉쭉 빨았다. 그의 그런 격한 모습은 처음이었다. 난 더 이상 참지 못하고 단도직입적으로 물었다. 무엇이 그를 그렇게 변하게 했는지 알고 싶어서였다.

"스님! 혹시 그동안 무슨 일이 있으셨어요? 평소답지 않으셔서요."

그제야 미도는 자신이 격했음을 깨달았는지 길게 한숨을 내쉬며 천천히 말했다.

"그녀를 만났습니다."

"예? 누굴요?"

난 차마 헤어질 수 없었다던, 만나 본 적도 없는 그의 부인을 떠올렸다.

"정광래의 비서 신유림이요."

"예? 어떻게요?"

"제가 그녀를 찾아갔습니다."

순간 나는 아무 말도 할 수 없었다. 그냥 둔탁한 무언가에 뒤통수를 한 대 얻어맞은 느낌이었다. 세속의 일일랑은 이미 다 내려놓았던 것처럼 보였던 그가 실제로는 집착에서 벗어나지 못했다는 생각 때문이었다. 그런 내 속을 아는지 모르는지 허공을 응시하던 그가 다시 말을 이었다.

"이미 지나간 일을 지금 와서 따진들 무슨 소용이 있겠습니까. 저는 다만, 그녀가 왜 그랬는지 알고 싶었습니다."

"왜요?"

"내게 무슨 억하심정이 있었던 것도 아니었을 텐데, 왜 그녀는 그래야 했을까요? 만약 내게 문제라도 있었다면 사과라도 하려고요. 그래야 나도 그녀도 그 기억에서 벗어날 수 있으니까요."

"그래서 그녀가 왜 그랬는지 말하던가요?"

"글쎄요. 그녀를 만나고 온 후, 전 최근 3년 치 신문과 시사지를 샅샅이 뒤졌습니다. 매일같이 국회 도서관에 출근하듯 하면서요."

"왜요? 그게 그녀와 무슨 관련이라도…"

미도가 얼음만 남은 빈 잔을 만지작거렸다. 커피도 리필이 되는지는 모르겠지만, 난 그의 잔을 매대로 들고 가 리필을 부탁했다. 안 된다면 한 잔 더 추가할 생각이었다. 하지만 빨간 캡을 눌러쓴 앳된 여직원이 상냥하게 웃으며 빈 잔 가득 커피를 채워 주었다. 뜬금없이, 처음 처가를 방문했을 때 국그릇 가득 고깃국을 다시 채워 주시던 장모님이 생각났다. 미도는 고개를 가볍게 숙여 보이곤 다시 채워진 잔을 들어 한 모금 마셨다. 여전히 알 수 없는 표정이었다.

"말도 되지 않는 소리를 들어서였습니다. 기안하다고 변명부터 할 줄 알았는데, 신유림은 제게 도와달라고 하더군요. 아주 진지하게요."

"예? 무엇을요?"

미도가 다시 말을 멈추었다. 그러고는 허공을 향해 한숨을 길게 내쉬더니 정색하고 입을 열었다.

"정광래를 도와달라는 것이었어요. 그는 큰 그림을 그리는 사람이라고요. 지금 그를 도우면 반드시 큰 보상이 있을 거라고요."

"큰 그림이라면?"

"대통령이지요."

"예? 뭐라고요? 대통령이요?"

"그러니까 기가 막힌다는 거지요. 아무리 세상이 어지럽다고 해도 그런 자가 대통령을 넘본다니 가당키나 한 일인가요?"

"그러니까요. 더군다나 그자는…"

얼결에 난 정광래에 대해 뭔가를 아는 것처럼 입을 떼고 말았다. 그것도 말하려다가 말고 급히 멈추었으니, 미도가 의혹에 찬 시선으로 나를 바라보았다. 할 수 없이 난 정광래와 신유림에 관해 유기상에게 들은 대로 말할 수밖에 없었다. 미도는 탁자 아래로 두 손을 모아 잡고 한마디라도 놓칠세라 귀담아들었다.

"스님! 정광래는 대통령은 고사하고 공직에 있어서는 안 될 자였어요. 신유림과의 불륜도 그렇지만, 자리를 이용해 공갈 협박까지 일삼고 있었으니까요. 그런 위선자가 장차 지도자가 된다면 우리나라가 어떻게 되겠어요. 불행히도 증거는 빼앗겼지만, 그것은 명확한 사실로 보였어요."

"문제는 그자만이 아니라는 거지요."

격동을 진정시키려 함인지 잠시 눈을 감고 있던 미도가 다시 말을 이었다.

"3년 치 신문을 통독하고 나니, 비로소 세상이 보였습니다. 대표님은 혹시 이 말 들어 보셨나요?"

"무슨 말이요?"

"삶아진 개구리 증후군이라는…"

"찬물이 담긴 냄비 속 개구리가 위험을 깨닫지 못하고 삶아진다는 말 아닌가요?"

"그렇습니다. 냄비 속 개구리는 물이 서서히 뜨거워지고 있다는 것을 알 수 없었습니다. 냄비 속에만 있었으니까요. 이처럼 매일매일을 비정상으로 사는 사람들은 그것이 정상인 줄 안다는 겁니다. 전 세상과 떨어져 산속에서 보낸 시간만 6년입니다. 눈 귀 틀어막고요. 그래서 지금이 얼마나 위태로운지를 절감할 수 있었다는 것입니다. 3년 치 신문과 잡지만으로요."

"그렇지만 세상이 혼란스러웠던 건 비단 지금만은 아니잖습니까? 인류사에서도 전쟁과 폭력이 없었던 적은 단 한 순간도 없었으니까요."

내 말이 답답했음일까. 미도가 다시 커피를 한 모금 마시더니 정면으로 나를 바라보았다. 고요하고 깊었던 예전의 눈빛이 아닌 활활 타오르는 눈빛이었다. 잠시 그렇게 바라보던 그가 천천히 입을 열었다.

"사장님 말씀처럼 인류사에서 폭력이 없었던 적은 한순간도 없었을 겁니다. 지금도 지구촌 곳곳에서는 말도 안 되는 폭력이 자행되고 있으니까요. 문제는 많은 나라가 핵을 가졌다는 것입니다. 단 한 발만으로도 수십만, 수백만을 몰살시킬 수 있는 괴물 무기를요. 그것들이 사용된 후에도 과연 우리가 존재할 것으로 생각하십니까? 제 말은 이제 우리에겐 행동이 필요하다는 겁니다. 지금 당장이요."

"지금 당장이라고요?"

"그렇습니다. 이젠 정말 시간이 없습니다. 작은 실수 하나에도 걷잡을 수 없는 사태가 벌어질 수 있으니까요. 지금 세계는 너나없이 극단적 자국 우선주의에 빠져 있습니다. 쉽게 말해 자국의 이익을 위해서는 동맹까지도 가차 없이 외면한다는 말입니다. 거기에 핵으로 무장한 북한은 우리를 노골적으로 위협하고 있고요. 그런데 우리는 국가 안보를 통째로 남에게 맡기고도 저리 태평하게 싸움질입니다. 지금 당장 바름을 회복하지 않으면 우리에게 미래가 없는데도 말입니다."

그래서 그가 그랬던 것이었구나. 우리가 냄비 속 개구리가 된 사이에 그만은 냄비 밖에 있었던 거구나. 그의 진심을 알게 되자 난 얼굴이 확 달아올랐다. 잠시라도 그를 오해했던 것이 부끄러워서였다.

"그럼, 우리는 어떻게 해야 합니까?"

"어떻게 하긴요. 당장 냄비 밖으로 나가야지요."

미도는 재앙은 이미 시작되었다고 했다. 사회 곳곳의 균열이 그 증거라는 거였다. 극단의 정치에서 시작된 분열은 이제 봉합할 수 없을 지경임에도 누구도 나서지 않는다고 한탄했다. 빈 커피잔을 멀뚱하게 내려다보던 그가 손바닥으로 탁자를 가볍게 탁 내리치더니 벌떡 일어섰다.

"그래도 시급한 건 바름을 회복하는 일입니다. 법과 양심이 살아나야 세상이 살 수 있습니다."

"잘 알겠습니다. 그런데 스님은요?"

나도 따라 일어서며 헤어지기 싫은 아이처럼 물었다. 그러고 보니 '스님은요?' 하고 보채듯 물었던 것이 두 번째였다. 처음은 천마산에서 내려올 때였다. 그때는 그를 떠나면 정말 아무것도 할 수 없을 것만 같았다. 그런데 지금은 외려 그가 걱정이었다. 정말 외로운 늑대처럼 무슨 일이라도 벌일 것만 같아서였다. 하지만, 그는 담담하게 악수를 청했다. 승려인 그가 합장배례가 아닌 악수를 청한 것이었다. 마치 거사를 앞둔 사람들처럼 우린 비장하게 서로의 손을 마주 잡았다. 그러나 내가 뭐라 할 말을 찾기도 전 그는 돌아섰다. 낡은 장삼 자락을 휘날리며 바람처럼 그는 그렇게 서둘러 떠났다.

우리끼리 산다는 것

아침부터 찬 바람이 불더니 느닷없이 폴폴 눈이 날렸다. 11월 중순인데 벌써 첫눈이었다. 날 선 바람에 안 그래도 성근 눈발이 꽃잎처럼 난분분했다. 첫눈이 빠르면 겨울도 그만큼 빠르다고 했든가. 시린 허드렛일조차 말라 버린 계절은 가난한 이들에겐 넘어야 할 고원이었다. 오직 생존을 위해 대양을 건너야 하는 철새처럼, 이들도 어떻게든 얼어붙은 고원을 넘어야 하기 때문이었다.

그래서 우리 '행복한 고시원'의 입주 조건은 아이가 딸린 가난한 가장이었다. 당현구청에서는 주거 취약계층의 빈곤 노인들을 우선 추천했지만, 난 야박할 정도로 단칼에 거부했었다. 그것이야말로 국가의 몫이라고 생각했기 때문이었다. 대신 난 가난한 가장들을 돕고 싶었다. 의지는 충만하지만, 어떤 이유로든 책임을 다하지 못한 가장들에게 기회를 주고 싶어서였다. 그래서 우리 고시원의 가장들은 고단했다. 무엇이든 먹이 활동을 하지 않으면 방을 비워야 하기 때문이었다. 자유민주주의 사회에서 말도 안 되는 소리라 할지 몰라도 난 그들에게 그 조건을 강력하게 제시했다. 공짜나 다름없는 주거시설을 제공했다는 명분에서였다. 그렇게 난 '행복한 고시원'의 조용한 독재자가 되었고, 그들은 내가 제시한 조건을 착하게 이행해야만 했다. 확실한 건, 빈둥거리는 사람 하나 없이 모든 가장이 아침 일찍 출근해 저녁에 퇴근한다는 사실이었다.

오후에는 오랜만에 오희국 의원이 사무실로 찾아왔다. 안 그래도 고시원 입주와 관련해 그에게 신세 진 일이 있어 식사라도 한 번 하려던 참이었다.

"형님! 개업 축하합니다. 사무실이 아주 대궐이네요."

"어서 오시게. 오 의원!"

오 의원은 술도 마시지 않았는데 대뜸 형님이라고 불렀다. 활달한 그의 성격대로였다. 친근함을 더하려는 의도라 여겨 나 역시 그를 편하게 맞았다. 인원이 늘어날 것에 대비해 다목적실까지 넉넉하게 갖추었으니, 대궐 같다는 그의 표현도 그리 틀린 말은 아니었다. 더욱이 지금은 유기상과 둘만 있다 보니, 더 휑해 보였을 수도 있었다. 우선 나는 그에게 유기상을 소개했다.

"전에 말했던 유기상 선생이네. 우리 바만사의 기둥이지."

"처음 뵙겠습니다. 당현구 의회 오희국입니다."

오 의원이 활짝 웃으며 먼저 유기상에게 손을 내밀었다. 유기상도 정중하게 그의 손을 맞잡으며 살짝 고개를 숙여 보였다.

"대표님을 모시고 있는 유기상입니다. 잘 부탁드립니다."

"무슨 말씀을요. 오히려 제가 두 분에게 잘 부탁드려야지요. 유권자시니까요. 하하하."

나는 조금은 과장되게 너스레를 떠는 오 의원을 서둘러 자리에 앉혔다. 오랜만에 만나는 만큼 할 얘기도 적지 않았지만, 혹시라도 필요 이상 말을 많이 하는 그가 실언이라도 할까 봐서였다. 오 의원은 내가 묻기도 전에 먼저 말을 꺼냈다.

"형님, 세상 참 요지경입니다."

"뭐가?"

"아직 못 들으셨군요? 정광래가 당대표에 나선답니다. 민주사회당이요."

순간 정광래를 대통령으로 만들자고 했다던 신유림의 말을 떠올리며 난 잠시 아뜩해지는 기분을 느꼈다. 이들이 기어이 일을 벌이기 시작했다는 사실 때문이었다. 난 그의 당대표 출마가 무엇을 의미하는지 이미 알고 있었기에 내심 긴장하지 않을 수 없었다.

"허허, 큰일이구먼. 개나 소나 다 나서니…"

"그러니까요. 아마 오늘 저녁쯤이면 보도가 되지 않을까 싶네요."

"남의 당 일을 오 의원이 기자보다도 먼저 아는구먼."

"제 친구 김호섭이라고 아시지요? 민사당 시의원이요. 그 친구 입이 네댓 발은 나왔더라고요."

"알지. 그 양반이 왜?"

"그 친구는 원래 정광래가 구청장 할 때부터 좋아하지 않았어요. 그래도 어떡하겠어요. 자기를 제치고 국회의원까지 되었는데. 이번에 정 의원이 당대표에 나온다고 하니까 불만이 이만저만 아니더라고요."

"왜? 둘 사이에 뭔 일이 있었나?"

"지난 총선 때 당연히 자기 것인 줄 알았던 공천을 정광래에게 뺏겼거든요. 고등학교 때의 학폭 사건이 문제였다고 하더라고요. 김호섭은 그걸 정광래가 터뜨렸다고 믿고 있고요."

"그래? 하긴 충분히 그럴 수 있는 위인이지."

때마침 유기상이 차를 내왔다. 아내가 있으면 아내가 도와주기도 했지만, 대부분 손님이 오면 차는 그가 담당했다. 오 의원은 찻잔을 내려놓고 자기 자리로 돌아가는 유기상을 힐끔 돌아보더니 작은 소리로 말했다.

"그런데 말입니다. 이미도가 김호섭을 찾아왔었다네요. 사무실로요. 어제 오후에요."

"그래? 미도 스님이?"

"예, 이미도가 먼저 연락했더랍니다. 만나자고요. 김호섭은 이미도가 현직에 있을 때 구의원을 했기에 서로 잘 아는 사이였다는군요. 그런데 이미도가 이상한 말을 하더랍니다."

"이상한 말? 무슨 말을?"

오 의원이 찻잔을 들어 후 불더니 '후르릅' 하고 소리 나게 한 모금 마셨다. 그의 손목에서 두툼한 금장시계가 오후 햇빛을 받아 번쩍하고 빛났다. 마실 때와는 달리 조용히 찻잔을 내려놓은 그가 나직하게 말을 이었다.

"정광래를 그냥 둬서는 안 된다고 했답니다. 그래서 그에 대한 사적 감정 때문이겠거니 했었는데, 아무리 생각해도 그게 아닌 것 같더랍니다. 뭔가 다른 의도가 있는 것처럼 보였대요. 어떻게 알았는지는 몰라도 그는 이미 정광래의 비위도 상당 부분 알고 있는 눈치더랍니다. 심지어 그가 대권을 잡겠다는 야심까지 품고 있다고 하더래요. 그래서 가장 강력한 경쟁자인 강호식 대표를 제거하려 한 것이고요. 우산동 산업단지 비리를 언론에 퍼뜨린 것도 그라고 하니까요. 좌우간 같은 당 현직 시의원인 자기도 모르는 내용을 흘리더랍니다. 왠지 의도적인 것 같았대요."

사실 그것은 미도가 나를 먼저 만난 뒤 김호섭을 만났기 때문이었다.

그는 내게 들었던 정광래의 비리를 어떤 의도에선지는 몰라도 김호섭에게 흘린 것이었다. 경거망동할 사람은 아니었기에 난 그의 의도가 더욱 궁금했다.

"왜 그랬을까? 협박 공갈이나 하는 사람도 아니고."

"그러니까 이상하다는 겁니다. 겨우 그 말만 하고 나갔다니까요. 김호섭은 이 사실을 중앙당에 알려야 할지 고민하더라고요. 사실이라면 정광래만이 아니라 민사당까지 흔들릴 일이니까요."

"그렇겠네. 미도 스님이 굳이 사무실까지 찾아와 그런 말을 했다니까. 더욱이 둘은 사이도 좋지 않다면서?"

"그러니까요. 그런데 그게 증거도 없고, 이미도 말을 어디까지 신뢰해야 할지도 몰라 자기 입장이 좀 그런가 봐요. 잘못 전했다가는 자기가 외려 당할 수도 있으니까요."

순간, 내 뇌리를 스친 것은 '외로운 늑대'라는 단어였다. 정말 미도가 모종의 신념으로 똘똘 뭉친 테러리스트라면 틀림없이 이유가 있을 것이었다. 차가운 달빛 속에서 사냥감을 쫓는 굶주린 늑대는 불필요한 행동은 하지 않을 것이기 때문이었다. 그렇다면, 그의 방문은 현장 조사일 수도 있었다. 완벽한 현장 파악이야말로 테러의 성패를 좌우할 것이기 때문이었다. 돌발적 상상력에 개연성이 얹히자 정말 그럴지도 모른다는 생각이 들었다.

"혹시 정광래가 지역사무실엔 얼마나 자주 들르나?"

"글쎄요. 특별한 일이 없으면 주로 여의도에 있을 겁니다. 더구나 당대표를 준비한다면 지역엔 들를 시간도 없을 테니까요."

그렇다면 테러는 아니었다. 보좌진이 한두 사람도 아닐 것이고, 사무실에 있는 시간도 일정치 않은데 테러 장소로 굳이 사무실을 선택할 리는 없을 것이기 때문이었다. 더구나 내가 아는 미도는 절대 테러리스트가 될 수 없는 사람이었다. 만약 그가 정광래에게 의도적으로 자신의 존재를 알리고자 했다면… 그렇다면 설명은 되었다. 왜냐하면, 그가 이미 알고 있다는 사실이 어떻게든 정광래의 귀에 들어가야 하기 때문이었다. 오 의원이 계속 말을 이었다.

"그나저나 정광래가 정말로 당대표가 되면 큰일이긴 합니다. 제가 여당 소속이라 그런지 모르겠지만, 민사당이 너무 왼쪽으로만 달려서요. 저도 같은 지역구지만, 그는 김호섭과 또 달라요. 매우 교활한 자입니다. 검찰공무원까지 했다는 사람이 그렇게까지 좌빨인 줄은 미처 몰랐어요. 거기다 대면 민노총 출신이라고는 해도 김호섭은 양반이라니까요."

"글쎄, 그쪽이 그쪽으로 멀어지는 건지 자네가 이쪽으로 멀어지는 건지 누가 아나. 아마도 그쪽에서는 자네 쪽이 점점 오른쪽으로 달린다고 할걸. 양쪽 모두 정신 차려야 하네. 어떻게 일으킨 나라인데 또 말아먹으려고들 그러나."

"그러게 말입니다. 그래도 형님 같으신 분이 우리 보수에 계시니 다행입니다."

"무슨 말을 하는 건가? 난 진보가 아닌 건 확실하지만, 그렇다고 이젠 보수도 아닐세. 정치라는 것이 국민 잘살게 하는 일인데, 이건 잘살기는커녕 외려 나라를 망치고들 있으니."

오 의원이 순간 멈칫하더니, 부쩍 조심스러워진 말투로 말을 이었다. 이미 그의 얼굴에선 처음처럼 웃음기를 찾을 수 없었다.

"제가 비록 기초의원이지만, 깨끗한 정치를 하려고 나름대로 열심히 노력했습니다. 그래도 우리 개혁당이 민사당보다는 낫다고 생각합니다. 민사당 하는 꼴 좀 보세요. 강호식 대표는 곧 사법 조치 될 것이 분명하고, 정광래 같은 사람이 당대표가 된다고 나섰으니, 형님은 그게 이해 되세요? 정광래를 파 보면 강호식보다 더하면 더했지, 덜 하진 않을 겁니다."

이 광막한 우주에서 우린 아무것도 아니었다. 먼지보다도 작았을 지구를 미분하고 미분해서 바글바글 아옹다옹 살아가는 것이 우리였다. 외계 진보된 별에서 우리보다 훨씬 뛰어난 지적 생명체가 우리를 발견했다면, 그들은 우리를 매우 이기적이고 잔인한 생명체로 간주했을 것이다. 그리고 객관적이고 충분한 관찰을 통해 그들은 마침내 결론에 이르렀을 것이다. 여타의 지구 생명체를 위해 우리를 박멸하는 것으로.

아주 잠깐 나도 모르게 상념에 빠졌었던 것 같다. 돌연한 나의 침묵이 머쓱했던지 오 의원의 눈길이 허공을 맴돌고 있었다. 미안한 마음에 내가 먼저 입을 열었다.
"오 의원! 만약에 말이야. 인간이 아니고 신이 세상을 통치한다면 부조리가 사라질까?"
"무슨 말씀이세요?"
"내 생각은 신이라도 그것은 불가능할 것 같아. 80억 인류의 마음이 제각각인데, 어떻게 모두를 만족시키겠어. 80억 개의 정답이 있는 것도 아닐 테고 말이야. 안 그래?"
"뭐라고요?"
"그런데, 우리는 신 없이 우리끼리 살아야 하잖아. 죽어서는 모르겠지만."

"..."

"우리보다 더 부조리한 권력자들의 간섭을 받으면서 말이야."

"도대체 무슨 말씀이세요?"

"도저히 섞일 수 없는 사람들까지 섞어 한편으로 만들어야 하는 것, 그게 정치 아닐까? 목표가 같다면 말일세. 그런데 우린 통합이 아니라 외려 분열을 조장하고들 있지. 왠지 아나? 선동이 득표에 유리하니까."

난 작심하고 오 의원에게 정치에 대한 내 소신을 말했다. 신이 없는 세상을 살기 위해 우리는 정치라는 것을 만들었다고. 그래서 정치는 바름을 벗어나서는 안 된다고. 바름은 법과 양심을 지키는 것이라고.

"그렇다면 법과 양심은 항상 옳다는 것인가요?"

"당연히 그렇지는 않지. 악법과 비양심도 많으니까. 하지만 명확한 건 우린 우리끼리 살아야 한다는 거야. 왜냐하면 신은 개입하지 않을 테니까. 한번 상상해 보게. 법과 양심이 사라진 세상을 말이야."

오랜만에 참 많은 이야기를 했던 것 같다. 미도가 그랬던 것처럼, 난 바름을 설명하기 위해 우주와 생명의 기원까지 이야기의 영역을 확대해야 했다. 죽음은 끝이 아니라 새로운 출발이며, 그것이 바로 우리 삶의 이유였다고 할 때는 오 의원의 눈가가 살짝 붉어지기도 했다. 얼마나 시간이 흘렀을까. 창밖에 어스름이 깔리고서야 우리는 대화를 멈출 수 있었다. 이번에는 오 의원이 먼저 침묵을 깼다.

"부끄럽습니다. 그냥요."

내가 오 의원이 말뜻을 이해한 것은 그의 눈가가 다시 붉어지는 것을 본 뒤였다. 난 얼결에 그의 어깨를 '탁' 치며 큰 소리로 말했다.

"고맙네, 오 의원! 오늘은 나도 술이나 한잔할까. 가세, 저녁 먹으러."

마음잡의 실체

"특강은 김현석 교수님이 해 주시기로 했어요. 조현우 의원님도 오시기로 했고요. 지금 황수연 의원님 만나러 가고 있어요. 급하게 약속이 잡혀서요."

유기상이었다. 내 대학 동기인 조현우 의원은 사전 약속이 되어 있었지만, 김현석 교수와 황수연 의원은 뜻밖이었다. 아직 외부 활동을 한다고는 하지만, 은퇴한 지가 이미 30년이 넘은 김현석 교수를 어떻게 알았는지 유기상이 모신 것이었다. 거기에 바른말 잘하기로 유명한 황수연 의원까지 동참한다니, 예상 밖의 성과였다.

"우리 새서울 기초의원단 스물두 명도 전원 참석할 예정입니다. 이따 뵐게요."

오희국 의원도 유기상만큼이나 열심이었다. 그는 며칠 새 사람부터가 달라져 보였다. 실없어 보였던 태도가 우선 진중해졌고, 다소 건성으로 보였던 의정활동도 매우 적극적이었다. 그날 이후부터였다.

"가수 김사랑이 노래 몇 곡 해 드린답니다. 자기가 직접 기타 치면서 할 거라 따로 연주는 신경 쓸 필요 없대요. 저는 배우 이연, 홍희영과 함께 갈 겁니다."

유영의 전화였다. 처음 그녀가 가입한다고 했을 때는 솔직히 조금은 부담도 있었다. 왜냐하면 연예인의 참여로 정작 바름의 의미가 퇴색하지 않을까 해서였다. 그러나 기우가 놀람으로 바뀐 것은 젊은이들의 적극적 호응 때문이었다. 지킬 것 지키면서 당당하게 즐기자는 것이 그들의 주의였다. 이왕이면 바른 생활도 신명 나게 하자는 것이었다. 난 그들에게서 바름이 제약이 아니라 진정한 자유라는 것을 새삼 깨달아야 했다.

창립총회는 불암 컨벤션센터에서 했다. 바만사의 첫 오프라인 모임이었다. 총회 공고를 할 때만 해도 단출하게 식당을 빌려 하려고 했었는데, 급하게 장소 변경을 한 것이었다. 의원들과 연예인들의 참여가 알려지면서 대형 행사가 되었기 때문이었다. 언론의 관심도 기대 이상이었다. 사전 인터뷰 몇 번으로 끝난 줄 알았던 취재가 행사 후까지도 이어졌기 때문이었다. 의제는 바름이었지만, 주요 관심 대상은 죽음이 끝이 아니라는 데에 있었다. 하지만, 문제도 있었다. 어디나 따라다니는 악플러들의 무분별한 공격이 본격적으로 시작된 것이었다.

"어디서 사이비 교주 행세야!"
"당신이 정말 부활했다고 생각해? 당신이 죽음이 뭔지나 알아?"
"당신 돈이 목적이지?"
"왜 세상을 혼란스럽게 만드십니까? 당신은 죄를 짓고 있어요."
"잘난 척하지 마! 이 사기꾼아!"

악플은 무자비했다. 홈페이지 글을 대충이라도 보았다면, 차마 하지 못했을 말이 대부분이었다. 그렇다고 그들을 무시할 수만도 없었다. 왜냐하면, 그들 중 일부는 진정으로 바만사의 활동을 의심했을 수도 있기 때문이었다. 유기상은 모든 악성 댓글을 차단하는 것이 좋겠다고 건의했지만, 난 외려 모든 악플에도 성의껏 답변하기로 했다. 악플러들은 물론 그 글을 보는 다른 사람들에게도 바만사의 진정성을 알리고 싶어서였다.

그래서일까, 악플이 현저히 줄긴 했지만, 그렇다고 아예 없어진 건 아니었다. 난 여전히 답변에 많은 시간을 할애해야 했고, 똑같은 답변을 수차 반복하기도 했다. 가장 많았던 질문은 당신의 죽음부터 증명해 보란 것이었다. 사실상 조롱이었지만, 난 성의껏 답변했다. 나를 직접 이송했던 구급대원들과 우리 직원들의 인터뷰가 실렸던 지역신문, 그리고 구급대원들의 근무일지 사본도 첨부했다. 제세동과 동공반사 등 내 심정지 시간이 최소 30분 이상이었음을 증명하는 기록이었지만, 그들은 여전히 믿지 않았다. 근거는 신문 기사 말미의 '한편 이정휘 씨를 치료했던 응급의학과 전문의 김이호 과장은 이 씨의 심정지는 사실이지만, 최대 5분을 넘지 않았을 것이며 그렇다면 이는 의학적 죽음은 아니라고 말했다'라는 딱 한 줄 때문이었다. 심지어 정 대리와 김 소장이 자신의 신상까지 공개하며 30분 이상의 심정지를 증언했지만, 그들이 신뢰한 건 오로지 '의학적 소견'이었다.

하지만, 난 포기할 수 없었다. 왜냐하면, 죽음은 끝이 아니며 그래서 바르게 살아야 한다는 것을 알려야 한다는 책임감 때문이었다. 그나마 다행인 것은 바름에 공감해 바만사에 참여하는 사람들이 하나둘 늘어난다는 것이었다. 난 어디든 달려가 그들을 만났으며, 그들에게 내가 체험한 모든 것을 이야기했다. 미도가 그랬던 것처럼, 그것은 내 책임이고 소명이었기 때문이었다.

"마음집을 증명할 수 있습니까?"

유난히 창백했던 신사는 들어오자마자 다짜고짜 내게 물었다. 순간 난 뜬금없이 드라큘라를 떠올렸다. 검은 망토는 아니었지만, 검은 바바리와 단정히 빗어넘긴 검은 머리, 핏기 없는 얼굴, 마르고 큰 키는 영화에서 보았던 드라큘라를 연상하게 했기 때문이었다. 날카로운 송곳니는 보이지 않았지만, 차가운 인상의 그는 정말이지 밤새 얼어붙은 묘지를 지나온 것만 같았다. 그가 표정도 없이 무심해 보이는 눈길로 나를 내려다보고 있었다.

"마음집은 호수에 비친 달처럼 우리 뇌에 반영된 존재라고 들었습니다. 유감이지만, 그 이상은 저도 설명할 수가 없습니다."

"존재하지만 설명할 수는 없다는 말이군요. 하긴, 인식은 하면서도 설명할 수 없는 것은 너무나 많으니까요. 이를테면 양자역학 같은 것이겠지요."

"실례지만, 어떻게 오셨습니까?"

신사는 마치 내 말을 듣지 못한 것처럼, 아니 아예 무시하기로 작정이라도 한 것처럼 그대로 서서 자기 말을 이었다. 나도 얼떨결에 자리에서 일어서긴 했지만, 엉거주춤한 자세로 그의 말을 들을 수밖에 없었다.

"선생은 마음이란 하늘을 담으면 하늘이 되고 바다를 담으면 바다가 된다고 하면서, 정작 그것을 담는 마음집은 호수에 비친 달그림자라고 썼더군요?"

"말씀드렸다시피 전 그렇게 들었습니다. 그리고 그것은 제 믿음이기도 하고요."

"믿음이라… 그래서 믿음으로만 바름을 알리시겠다. 그건 너무 무책임하지 않을까요? 선생의 믿음이 틀렸다면 어떻게 하시려고요?"

그는 나보다 서너 살 이상은 어려 보였지만, 행동이나 말투는 사뭇 도 발적이었다. 바로 옆에 널찍한 소파가 비어 있음에도 여전히 내 책상 앞에 버티어 선 채였다. 나는 은근히 올라오는 화를 누르며 다시 한번 분명하게 자리를 권했다. 유기상이 자기 자리에서 불안한 얼굴로 우리를 주시하고 있었다.

"그러지 말고 이쪽으로 앉으셔서 말씀하시지요. 어디서 오신 누구신지 서로 통성명이라도 합시다."

"죽음이 끝이 아니라고 말하는 사람은 많아도, 진심으로 그것을 믿는 사람은 드물지요. 죽음을 아는 사람은 더 그렇고요. 하나, 선생은 죽음을 아는 것 같소이다. 잘못 알고 있는 것만 보완한다면 말이오."

순간, 난 그에게서 미도의 눈빛을 보았다. 깊은 샘처럼 그윽하지만, 상대의 뇌리 깊숙이 찔러넣는 그 고요한 날카로움은 보통 사람이 가질 수 있는 것이 아니었기 때문이었다. 나는 아뜩한 현기증을 느끼며 그의 다음 말을 기다렸다.

"선생의 말처럼 마음집이 따로 있다면, 어찌 실체가 없을 수 있겠소?"

"예?"

"지금 인간의 뇌는 최초 할아버지보다 무려 네 배나 커졌소이다. 그렇게 되기까지 선생의 표현대로 600만 년이나 걸렸고요. 그래도 코끼리나 고래보다는 작으니, 뇌가 크다고 해서 반드시 똑똑한 것은 아닐 겁니다. 하지만, 뇌과학은 인간에게서 그들보다 현격히 발달 된 대뇌피질을 찾아냈지요. 압도적인 피질을요."

"…"

"그러나, 아무리 잘 발달된 대뇌피질로 고등한 지능을 가졌다고는 해도 마음이 없었다면 어찌 인간이라고 할 수 있겠소. 선생의 지적대로 사랑도 배려도 감동도 없었을 테니까요."

유기상이 커피를 내왔지만, 그는 거들떠보지도 않았다. 잠시 멋쩍어하던 유기상은 커피잔을 응접탁자에 내려놓고 자기 자리로 돌아갔다. 나를 지그시 응시하던 그가 다시 말을 이었다.

"그래서 우린 이 행성의 유일한 영적 존재란 거요. 그런데 선생은 그 마음집을 호수에 비친 달그림자라고 했어요. 아니, 그렇게 들었다고 했던가요? 아무튼 선생! 마음집은 말입니다. 우리가 대뇌피질이라고 부르는 여러 겹의 신피질 중 하나였습니다. 그 하나의 피질에 선생의 영이 살고 있는 거고요."

"예?"

"증거는 인간의 신피질이 다른 영장류의 신피질에 비해 현저하게 두껍다는 것입니다. 다시 말해 그들에게 없는 새로운 피질이 더 있다는 것이지요. 이미 최고의 지적 생명체에게 새로운 피질은 무엇을 의미하겠어요? 더구나 그것은 인간 진화의 맨 마지막에 형성되었고요. 그때부터 인간은 마음을 가진 영적 존재가 되었다는 뜻입니다. 선생의 표현처럼 영계의 영이 인간에게 자리한 것이 바로 그때라는 것이지요. 학자들은 그것을 인지 혁명이라고 하고요. 7만 년쯤 전의 그 사건을 말이지요."

그가 누군지 난 끝내 알 수 없었다. 그는 자기 말만 하고 미련 없이 돌아섰기 때문이었다. 한 5초 남짓이나 되었을까. 감전이라도 된 듯 난 그 자리에서 꼼짝할 수 없었고, 정신을 차렸을 때는 이미 그가 사라진 뒤였다. 어이없었던 건, 유기상조차 방을 나서는 그를 멍하니 바라만 보고 있었다는 것이었다.

그의 여운이 채 가시기 전 새삼스럽게 미도의 말이 떠올랐다. 미도는 지능과 감정을 신경세포에서 창발하는 것이라고 했지만, 마음은 마음집에서 발현된다고 했었다. 그때 난 '창발'과 '발현'이라는 단어에 조금의 차이도 두지 않았었다. 왜냐하면, 둘 다 '발생한다'의 동의어쯤으로 생각했기 때문이었다.

그러나 두 단어는 명확히 다른 의미였다. 그래서 미도는 두 단어를 굳이 그렇게 구분했던 것이었다. 원래 없던 지능과 감정이 수천억 개 신경세포들이 결합으로 만들어졌으니 창발이었고, 원래 있던 영이 마음집에서 마음으로 표출된 것이었으니 발현이라고 했던 것이었다. 그것은 미도가 이미 알고 있었다는 뜻이었다. 그러면서도 굳이 마음집을 호수 위의 달그림자라고 했던 것은 왜였을까? 혹시 영계의 영이 대뇌피질에 스미듯 그렇게 자리하는 것을 표현했던 것이었을까?

왜 살아야 하는가

✦
 ✦
  ✦

바람에 걸리지 않는 그물처럼, 소리에 놀라지 않는 사자처럼, 진흙에 물들지 않는 연꽃처럼, 무소의 뿔처럼 혼자서 가라.

어떻게 해야 하는가? 왜 바름이어야 하는가? 미도는 길이 보이지 않을 때면 숫타니파타의 저 구절을 기억하라고 했다. 바람에 걸리지 않는 그물처럼, 소리에 놀라지 않는 사자처럼, 진흙에 물들지 않는 연꽃처럼 어디에도 얽매이지 말고, 집착하지도 말며 무소의 뿔처럼 오직 바름으로 가라고 했다.

극한의 어둠. 장엄한 빛의 폭사. 터질듯한 심장으로 광막한 공간을 달리는 초거대 불덩어리들. 138억 년의 어디쯤인지도 모를 장엄한 우주의 대 파노라마. 빛처럼 쏘아가는 시간 속으로 명멸하는 얼굴들. 루시, 호모 날레디, 네안데르탈인, 크로마뇽인… 예수, 석가, 공자, 마호메드… 히틀러, 스탈린, 마오쩌둥, 김일성… 본 적도 없는 각인각색의 군상들…

몸의 반란인가. 분명 의식은 명료했지만, 난 손끝 하나 움직일 수가 없었다. 몸집보다 작은 우리 속 맹수처럼, 내 감각과 의식은 신경망 하나 제대로 작동할 수가 없었기 때문이었다. 혓바닥과 성대는 물론 호흡조차 마비된 가위눌림에서 탈출했던 건 그래서 기적이었다. 차단됐던 회로가 연결되자 가장 먼저 엄습한 건, 싸한 불길함이었다. 불길함은 맥락도 없이 수많은 얼굴들의 파노라마로 이어지고, 난 그 속에서 성자와 독재자의 얼굴을 굳이 구별해 냈다. '왜 바름이어야 하는가?'가 불러온 새벽 선잠에서였다.

'바름은 우상이 아니고 법을 지키는 것이며 양심을 따르는 것입니다. 내일 당장 지구의 종말이 온다고 해도 말입니다. 왜냐하면, 신은 우리 세상에 개입하지 않을 것이기 때문입니다. 그것은 우리끼리 살아야 한다는 의미입니다. 100년을 살아 보니, 우리가 불화하지 않고 사는 방법은 현재로서는 바름을 지키는 방법이 유일한 것 같습니다. 그래서 저는 바만사와 함께하고자 합니다.'

"대표님, 김현석 교수님의 새해 칼럼입니다. 대한일보예요."
유기상이 카톡으로 김현석 교수의 글을 보내온 것은 채 날이 밝기도 전이었다. 공교롭게도 새해 첫날 아침 난 가위에 눌렸었고, 앞뒤 맥락도 없는 악몽에서 막 깨어난 참이었다. 지난여름 내가 처음으로 우주를 보았을 때처럼, 우주는 여전히 별들로 가득했었다. 그 속으로 수많은 얼굴들이 번개처럼 지나갔다. 원숭이 같은 털북숭이로부터 본 적도 없는 사람들의 얼굴이었다. 놀라운 것은 성자와 독재자의 얼굴이 그들과 함께 섞여 있다는 것이었다. 굳이 악몽의 원인을 찾는다면 '왜 바름이어야 하는가?'에 대한 고민 끝에 잠들었다는 것뿐이었다.

돌이켜 보면 우연은 없었다. 모든 결과에는 반드시 그에 합당한 원인이 있었으며, 모든 원인 또한 그에 맞는 조건으로 얽혀 있었다. 다시 말해 세상만사는 정확한 원인과 그로 인한 필연적 결과의 흐름이었다. 지금, 이 순간 내 서재의 조건은 온도, 습도, 공기만의 조합은 아니었다. 보이지도 않는 무수한 입자와 미생물, 하다못해 창틈으로 새어든 도시의 소음까지도 제각각 다르게 작용할 것이기 때문이었다. 여기에 내 변덕까지 보태어진 결과가 지금일 것이니, 세상을 물리로만 설명하려 한다는 것은 애초 불가능한 일이었다.

김현석 교수가 새해 첫날 칼럼을 '바름'으로 정했다는 것은 우리에게는 매우 고무적이었다. 100세를 바라보는 노철학자가 삶의 가치로 바름을 선택했기 때문이었다. 김 교수는 특히 바름을 세상과 불화하지 않고 사는 유일한 방법이라고까지 극찬했으니, 이보다 더 고무적인 말은 없을 것이었다.

"연세도 있으시니, 우리가 직접 찾아뵙고 세배라도 드리는 것이 좋겠어요."

"알겠습니다, 대표님! 제가 연락드려 보겠습니다."

직접 찾아뵙자는 내 말에 유기상은 선뜻 동의했다. 창립총회를 할 때도 모셨을 만큼 유기상은 김 교수와 친분이 두터웠다. 나중에 들은 이야기지만, 김 교수와의 친분은 유기상이 아니라 그의 어머니였다. 두 분은 한국 전쟁 전, 해주시 인근의 작은 마을에 살았다고 했다. 거의 아버지뻘 되는 김 교수는 기상의 어머니를 알지 못했었지만, 기상의 어머니는 고향마을의 유일한 대학생이었던 김 교수를 잘 알았다고 했다. 두 사람은 1983년 남북 이산가족 찾기 현장에서 우연히 상봉한 후, 지금까지 일가처럼 지낸다는 것이었다. 어쨌든 창립총회 때는 경황이 없어 제대로 인사도 차리지 못했으니 잘된 일이었다.

오래된 2층 양옥의 김 교수 댁은 대낮인데도 대문이 활짝 열려 있었다. 아무리 정초라고는 하지만 찾는 사람이 줄을 이으니, 아예 문을 열어 놓은 것으로 보였다. 그만큼 존경받는 삶을 살았다는 생각에 나도 모르게 옷깃을 여며야 했다.
"어서 오세요. 이 대표님! 이렇게 찾아 주셔서 감사합니다. 기상 군도 잘 있었나?"
현관을 들어서자 단아하게 한복을 차려입은 노부부가 자리에서 일어서며 우리를 맞아 주었다. 사모님도 교수님처럼 곱고 인자한 얼굴이었다. 찾아오는 사람이 얼마나 많았음인지 양쪽으로 긴 소파를 두고도 거실 한쪽에는 두꺼운 방석이 허리 높이쯤까지 쌓여 있었다. 주방에서 젊은 여인이 거실을 슬쩍 내다보더니 사람 수에 맞춰 차를 내왔다. 누군지는 모르겠지만, 아마도 그녀는 하루 종일 그렇게 손님을 맞이했을 것이었다. 여간 고역이 아니었을 테니, 얼른 일어서는 것이 도리란 생각이 절로 들었다.
"교수님, 일전에는 경황이 없어 제대로 인사도 못 드렸습니다. 그런데도 새해 칼럼으로 바름을 써 주셔서 저희에게는 큰 격려가 되었습니다. 감사합니다."
"기상이 어머니에게도 말했지만, 내가 먼저 바름을 이야기하지 못한 것이 부끄러웠어요. 고맙습니다. 이 늙은이가 못 한 일을 해 주어서요."
"아이고 무슨 말씀을요. 교수님께서 그렇게 말씀하시니, 제가 더 몸 둘 바를 모르겠습니다. 부디 건강하셔서 앞으로도 저희를 지도해 주십시오."

"하하하. 100년을 산 늙은이에게 더 살라구요?"

서둘러 인사를 차리는 내게 김 교수는 겸손하게 말했다. 그 말씀이 왠지 장난꾸러기 아이처럼 맑고 짓궂게도 들렸다.

"왜 살아야 하는가는 인류에게 영원한 명제였습니다. 그런데 그 이유가 죽음이 끝이 아니기 때문이라고 했으니, 이 얼마나 신묘한 답입니까. 죽음이 곧 소멸이라면 굳이 살아야 할 이유가 없으니까요. 이 사람은 이제야 알았습니다. 진짜 삶은 죽음 너머에서 시작된다는 것을요."

김 교수는 이미 식어 버린 찻잔을 들어 한 모금 마시더니 다시 말을 이었다. 조금은 심각해진 표정이었다.

"바만사 홈페이지에서 대표님 글을 보았습니다. 열반경 사구게를 참 기발하게 해석하셨더군요. 죽음은 소멸이 아닌 살아야 할 이유였다고 말이지요. 현상에서 현상을 보니 무상일 뿐이라고요. 죽음 또한 현상이니, 생멸은 애당초 없는 것이라고요. 그래서 죽음은 그곳으로 드는 문이었다고요. 그곳은 적멸이었고요."

그랬다. 보덕암에서의 둘째 날, 우연히 난 그 글귀를 보았었다. 미도가 휘갈겨 놓은 낙서에서였다. 하도 그 뜻이 심오해 옮겨 놓았던 것을 홈페이지에 실었던 것이었다. 하지만, 그 출처가 열반경이었다는 것은 이번에 김 교수를 통해 알았다. 미도는 경의 해석에서도 숨어 있는 의미를 찾으려 했던 것이었다. 새삼 그가 그리웠다.

'제행무상, 시생멸법, 생멸멸이, 적멸위락. 죽음이 곧 소멸이라면 굳이 살아야 할 이유는 없는 것이다. 모든 것이 무상하고 허망할 것이기 때문이다. 나고 죽는 것이 이치고 법이니 살 뿐이다. 다만, 생멸이 따로 없음을 깨닫는다면 그것이 곧 적멸이고 즐거움이다. 과연 그럴까? 명백한 것은 죽음은 끝이 아니었으며, 그것이 바로 살아야 할 이유라는 것이었다. 현상에서 현상을 보니 무상일 뿐이었다. 나고 죽음이 법이라고 하나 그 또한 현상일 뿐이니, 생멸은 애당초 없음이었다. 죽음은 그곳으로 드는 문이었다. 그곳은 적멸이었다.'

별로 가다

초원은 새벽처럼 고요했다. 검불 하나 없는 초록의 평원이 맑고 파란 하늘에 조심스레 맞닿아 있었다. 한 마리, 두 마리, 세 마리… 그 고요하고 정갈한 세상에 어디서 나타났는지, 작고 하얀 토끼들이 발소리 하나 없이 나에게로 뛰어왔다. 깡충깡충… 뭉게구름만큼이나 눈부신 토끼는 모두 일곱 마리였다. 고요를 깨는 불길한 소리가 들렸던 건 그때였다. 쭈뼛, 온몸의 털이 곤두섰다. 그것은 분명 거대한 뱀의 거친 비늘이 초원의 풀대들을 가르는 소리였기 때문이었다. 소리는 점점 커지고, 초원이 갈라지고 있었다. 그 속에서 시뻘건 무언가가 용암처럼 솟구쳐 올랐다. 아! 그것은 내 유년의 붉은 토끼였다. 붉은 털을 곤추세운 거대 토끼는 감당할 수 없는 열기와 함께였다. 순식간에 초원은 맹렬한 화염에 휩싸이고, 속절없이 내 손과 발이 촛농처럼 흘러내렸다. 검붉은 광염 속에 하얀빛이 유도등처럼 나를 이끌었다. 휘적휘적 무릎만 남은 다리로 난 그 빛을 쫓았다. 그제야 난 시커먼 잔해 속에 목화솜보다도 하얀 점들이 누워 있는 것을 볼 수 있었다. 죽어서도 하얗게 빛나는 토끼들의 주검이었다. 그 속에 내가 있었다. 기진한 내가 꺼이꺼이 울고 있었다.

꿈은 늘 계시처럼 찾아왔다. 영계에서 돌아온 뒤부터였다. 하지만, 난 세 번의 꿈을 꾼 뒤에야 내 꿈이 우연이 아닐 수 있다고 생각했다. 첫 번째 꿈은 보덕암에서였다. 내가 죽었을 때처럼 그때도 난 영계에 있었다. 눈도, 귀도, 코도, 입도 없었지만, 난 분명히 존재했었다. 마치 허공에 붕 떠 있거나 그 속에 용해된 것처럼, 난 있으면서도 없고 없으면서도 있는 그런 존재였다. 그러나 일관되게 나는 나였었다.

두 번째 꿈은 놀랍게도 수면 중이 아니었다. 거짓말처럼 멀쩡하게, 난 두 눈 번쩍 뜨고 시공을 초월했던 것이었다. 그날 아침, 미도와 난 떠오르는 태양을 바라보고 있었다. 여덟 개의 행성을 거느린 어마어마한 위력의 태양이 사실은 수천억 개 별 중에서도 보잘것없는 축에 속한다는 것을 이야기하던 중이었다. 그날도 난 그가 이끄는 대로 광막한 우주로 나갔었다. 태양이 손톱만 해질 때쯤에야 난 먼지보다도 작아진 지구를 볼 수 있었다. 그 작고 푸르렀던 행성, 난 그곳에 붙어사는 한 마리 따개비였다. 그날 난 비로소 살아야 하는 이유를 깨달았다.

세 번째 꿈은 가위눌림으로 왔었다. 왜 바름이어야 하는가를 놓고 밤새 씨름한 뒤였다. 설핏 든 새벽 선잠에서 난 드 한 번 광막한 우주로 나가야 했다. 칠흑 같은 어둠을 뚫고 쏘아지는 빛 속에 그들이 있었다. 루시, 호모 날레디, 네안데르탈인, 크로마뇽인, 예수, 석가, 히틀러, 스탈린, 김일성, 그리고 끝없이 이어지던 군상들… 그들은 소멸한 것이 아니었다.

그리고 오늘 난 네 번째 꿈을 꾼 것이었다. 모든 꿈이 계시이고 깨달음이었지만, 이번 꿈은 왠지 불길하기만 했다. 내 유년의 붉은 토끼가 다시 나타났다는 것부터가 그랬다. 붉은 토끼는 거센 불길과 함께였었다.

불안만큼 엄마의 메시지도 점점 선명해졌다. 엄마는 분명 나를 죽음에서 밀어냈었다. 다시 말해, 난 죽었다가 되살아 난 것이었다. 그것은 그만한 이유가 있다는 의미였다. 그렇다면 굳이 불안해할 이유는 없는 것이었다. 막말로 내 뒤에는 영계가 있기 때문이었다. 그러나 그러한 믿음은 한나절도 못가 무너져야 했다. 때마침 전해진 뉴스 때문이었다.

'KBN 뉴스 속보를 말씀드리겠습니다. 올해 제1차 본 회의가 열리고 있는 국회 본관 앞 계단에서 신원 불상의 남성이 분신을 시도해 인근 병원으로 후송됐다는 소식입니다. 목격자의 말에 따르면 이 남성은 승려로 추정되며, 심정지 상태로…'

불길함은 냉혹할 정도로 정확하고 잔인했다. 속보를 다 듣기도 전, 난 그 분신의 당사자가 미도라는 것을 직감할 수 있었다. 눈앞이 캄캄해지면서 난 의식을 잃고 말았다. 심장이 멎었을 때도 끊기지 않았던 의식이 아주 딱 끊겨 버린 것이었다. 얼마나 지났을까. 맞지 않는 주파수처럼 불쾌한 소음이 가시자, 서서히 시야가 밝아오며 아내의 얼굴이 보였다. 불그스레한 눈가의 서너 줄 주름이 파르르 떨고 있었다.

"정신이 들어? 영준 아빠! 나 누군지 알겠어?"

사실 아내의 말보다도 빠르게 이미 내 머리는 상황을 정리하고 있었다. 뉴스가 꿈이 아니었다는 사실은 이미 받아들였고, 이제는 그가 남겼을 메시지를 찾는 것이 우선이었다. 그러려면 죽었든 살았든 그를 봐야만 했다. 그래야 그가 쏘아 올린 공이 무언지 알 수 있을 것이기 때문이었다.

'이 한 몸 태워서라도 사바세계를 밝힐 수 있다면 그 길을 가야지요.'

보덕암에서 헤어지던 날 그는 그렇게 말했었다. 그때는 그 말을 그저 세상을 향한 열정 정도로 이해했었다. 그런데 그는 정말로 자기 몸에 불을 붙였다. 음험하게도 자신의 마지막을 가장 치열하고 비열한 방법으로 계획했던 것이었다.

"그분인가요?"

유기상과 함께 나를 부축해 소파에 앉히던 아내가 물었다. 난 말없이 고개만 끄덕이며 아내를 올려다보았다. 아내의 두 눈에도 눈물이 맺혀 있었다.

"가 봐야겠어. 지금 당장."

누군가는 삼매라고도 하지요. 하지만 저는 애초 마음이 갈 바를 정하지 않았으니, 그냥 멍때리기라고 할게요. 멍때리기로도 무념무상의 경지에 들 수는 있으니까요. 무아의 경지 말이에요. 살았거나 죽었거나, 있거나 없거나, 밝으면 밝은 대로 암흑이면 암흑인 대로요. 하지만 살아 있는 건 분명하니, 아마도 가장 하등의 생명체가 그러하지 않을까요. 눈도, 코도, 입도, 뇌도 없는 바이러스 같은 거요. 우리가 피나는 수행으로 다 비워내야만 도달할 수 있는 궁극의 경지가 그 지점이라면, 아! 이건 너무 아이러니 아닌가요. 본래로의 회귀가 설마 그런 의미였을까요. 38억 년 전 원시세포였을 때의 우리로 극 퇴행하는 거 말이에요. 그래서인지 전 가끔 세상이 물속이나 동굴 속 같다는 생각을 해요. 우린 그 속에 살던 물벼룩들이고요. 실제 우리는 개나 고양이와도 유전자의 80% 이상이 같다고 하지요. 하지만, 우리의 몸에서 그들과 같은 유전자가 99%를 차지한다고 해도, 우리에겐 마음집이 있음을 알아야 해요. 그래서 무념무상의 경지가 우리에겐 그토록 어려운 거지요. 왜냐하면, 우린 마음을 모조리 비워내야 그들과 같은 경지에 도달할 수 있으니까요. 그리고 보면 마음을 가졌다는 것은 정말 대단한 수혜예요. 하지만, 그만큼 책임도 따른다는 것이 문제이긴 하지요. 매사를 자기 의지로 결정하고 선택해야 하니까요. 유전자가 시키는 대로가 아닌 나의 자유의지로 말이에요. 결국 우리 세상은 80억 개의 자유의지가 펄떡이고 있는 셈이지요. 한순간도 통제되지 않으면 평화란 있을 수 없는 곳이요. 그런 세상이 두려워 우린 정치라는 것을 만들어 냈지요. 순전히 평화를 유지하기 위해서요. 그렇지만 그뿐이었지요. 여전히 폭력은 활개 치고 정치는 폭력의 편에 서고 싶어 하니까요.

그것이었다. 미도의 분신은 바로 그 때문이었다. 위선의 탈을 쓰고, 세상을 오염시키는 그들을 차마 더 두고 볼 수 없음이었다. 그러고 보니 스스로 외로운 늑대라고 칭했던 것은 암시였다. 그런데도 미련한 내가 그의 의도를 끝내 짐작할 수 없었던 것이었다.

"다 왔습니다. 내리시지요."

그새 병원이었다. 미도에 대한 회상에서 채 빠져나오기도 전에 택시는 병원 응급실 바로 앞에 우리를 내려 주었다. 먼저 눈에 들어온 것은 '화상 전문병원'이라는 붉은색 LED 글자였다. 왜 하필이면 화상을 치료하는 병원 이름을 불처럼 뜨거운 색깔을 사용했을까. 왠지 미도는 그곳에 있을 것 같지는 않았다. 소소한 배려조차 하지 못하는 그들에게 자신의 몸을 함부로 맡기지는 않을 것 같아서였다.

유기상에게 미도 상태를 알아보라고 한 뒤, 난 화단 연석 위에 쭈그리고 앉았다. 미라처럼 온몸에 붕대를 감았거나, 아니면 이미 하얀 시트에 덮인 그를 볼 자신이 없어서였다. 그때였다. 말라비틀어진 겨울 화단에서 나비 한 마리가 날아올랐다. 삭정이 같은 마른 꽃대 사이로 날아오른 것은 분명 하얀 나비였다. 그제야 난 오늘이 2023년 1월 25일,

겨울의 한복판이라는 것을 깨달았다.

"대표님! 조금 전 영안실로 옮겼답니다. 입회 경찰관이 대표님을 찾았답니다. 이게 그 경찰관 명함이고요."

환갑을 살았으면서 경찰서를 방문한 건 처음이었다. 그 거친 공사판에서 평생을 보냈음에도 행운이었는지 아니면 용케 잘 살았던 건지, 경찰의 힘을 빌려야 할 정도의 문제는 없었음이다. 그런데 상상도 할 수 없었던 이유로 경찰서를 찾게 된 것이었다.
명함 속 담당 경찰관은 '남서경찰서 수사2과 경사 김지우'라고 했다. 이름만으로 사람을 알 수 있는 것은 아니었지만, 그의 명함에서 경찰과 관련된 단어를 뺀다면 왠지 경찰과는 전혀 무관한 사람일 것 같다는 생각이 들었다. 그가 오라고 했던 수사2과는 3층 복도 맨 끝 방이었다. 벽에 부착한 사진만 아니라면, 그곳이 경찰서가 아니라 잘 지어진 일반 청사 같은 느낌이었다. 어디를 둘러봐도 영화 속 경찰서 같은 칙칙한 느낌은 전혀 찾아볼 수 없었기 때문이었다.
"바만사 이정휘 대표님이신가요?"
"예, 그렇습니다만."
사무실에 들어서자마자 기다렸다는 듯 늙수그레한 남자가 다가와 우리를 맞았다. 목에 건 명찰을 보니 놀랍게도 그가 바로 김지우 형사였다. 초면인데도 금방 나를 알아봤다는 사실이 섬찟하면서도 막상 그의 모습에 난 적잖이 놀랐다. 흰머리가 듬성듬성한 엉클어진 머리와 부석부석한 얼굴은 '지우'라는 세련된 이름과는 전혀 판판이었기 때문이었다. 그나마 다행인 건, 그가 이웃집 아저씨처럼 편안한 느낌을 준다는 것이었다.

"이쪽으로 오십시오."

그는 유기상과 나를 '변사자 처리'라는 명패가 붙은 따로 떨어진 책상으로 안내했다. 따로 떨어졌다는 말은 그가 어느 팀에도 속하지 않은 사람이라는 것을 뜻했다. 그는 섬처럼 따로 떨어진 책상에서 눈을 찌푸려가며 모니터를 확인했다.

"바만사는 어떤 회사가요? 돌아가신 스님과는 무슨 관계시고요?"

"바만사는 회사가 아니라 바른 사회를 만드는 사람들이라는 시민단체입니다. 이분은 그 단체의 대표님이시고요."

유기상의 대답에서 가시를 느꼈음인지 김지우 형사가 조금은 당황한 표정으로 올려다보았다.

"아, 죄송합니다. 수사상 필요해서요. 그리고 돌아가신 스님께서 대표님께 이것을 남기셨어요."

그가 모니터 너머로 건넨 것은 누런색 서류봉투였다. 봉투는 분명히 봉해진 흔적이 있었으나, 예리한 칼로 입구를 도려낸 것이 확연히 드러나 보였다. 내 눈길이 그곳에 멈추자, 그가 벌떡 일어나며 또다시 변명을 했다.

"저희는 기본적으로 변사자의 소지품은 모두 조사하게 돼 있습니다. 죄송합니다."

원래 그런 성품인지는 모르겠지만, 김지우 형사는 과도할 정도로 우리에게 정중했다. 조서도 말끝마다 죄송을 연발해 가며 정말 조심스럽게 작성했다. 친절하게 조사 이유까지 부연하다 보니, 거의 한 시간이 지나서야 우리는 조사를 마칠 수 있었다.

"수고하셨습니다. 공력 높으신 스님 사건을 조사한다는 게 송구해서 후배들을 대신해 제가 나섰습니다. 저희도 조사 과정에서 알았지만, 스님께서는 끝까지 가부좌 상태를 풀지 않으셨다고 들었습니다. 그만큼 훌륭하신 스님께서 주신 말씀이니 우리 모두 가슴에 새겨야지요."

뭐라고? 미도 스님이 가부좌 상태였다고? 우리에게 말씀을 주었다고? 김 형사에게 듣는 게 처음이라 나는 어안이 벙벙해 아무 말도 할 수 없었다. 몸에 불이 붙었는데도 자세를 유지했다는 것이 믿기지 않아서였다. 순간 파노라마처럼 미도와의 시간이 스쳐 지나갔다. 깊이를 알 수 없는 심연처럼 고요하고 깊었던 눈동자, 광막한 우주, 수천억 혹은 그 몇 배의 별들, 그 속의 우리 인간이란 동물들, 제 몸을 태우면서까지 전해야 했던 것이 정녕 바름이었단 말인가. 불현듯 밤하늘의 별을 바라보며 독백처럼 흘렸던 미도의 말이 떠올랐다.

'전 말이지요. 결국 우리는 저곳으로 간다고 생각해요. 몸이야 흩어져 흙이 되든, 나무가 되든, 다시 또 누군가의 몸이 되든 상관할 바 아니고요. 내 영 말이에요. 영원히 살아야 하는 영이 어떻게 별 하나로 만족할 수 있겠어요? 호모 사피엔스의 지구에 살아 보았으니, 이제는 안드로메다의 어느 행성에도 살아 봐야 하지 않겠어요? 이름은 아무래도 좋아요. 영화처럼 파란 피부를 가져도 괜찮고요. 거기에선 모두가 그럴 테니까요. 정말 운이 좋으면 우린 그곳에서 다시 만날 수도 있겠지요. 에일리언으로요.'

대한민국 국민에게 고합니다

대표님! 용서하십시오.

저는 이번에 제 몸을 불사르기로 결심했습니다. 왜냐하면, 그것으로 저의 소임이 완성될 것이기 때문입니다. 제 소임은 대표님을 도와 바름을 알려 드리는 것이었습니다. 이제 그 일을 마쳤으니 저는 저의 길을 가고자 하는 것입니다.

하지만, 세상은 대표님의 말에 그다지 관심을 보이지 않을 것입니다. 물론 바만사의 활동에도요. 그래서 저는 신에게 일방적 약속을 했습니다. 세상이 귀 기울일 수 있도록 제발 도와달라고요. 제 몸이 숯이 될 때까지 인류를 위한 기도를 계속할 수 있게 해 달라고요. 138억 년을 그랬던 것처럼, 그렇게 침묵만 하지 마시고요.

신이 우리의 멸절을 바라지 않으셨다면 저의 죽음도 헛되지 않을 것입니다. 따라서 바름을 알리는 것은 이제 온전히 대표님의 몫입니다.

끝으로 제 처를 부탁드립니다. 제 처는 불암 복지관의 사회복지사 김순정입니다. 그녀는 저의 결백을 끝까지 믿어 주었던 유일한 사람입니다. 이제 살아서는 그녀에게 용서를 구할 길이 없게 되었습니다. 저 별로 가서도 전 그녀를 위해 기도할 것입니다.

2023. 1. 25.
외로운 늑대 미도 드림

그래서 그는 자기 몸에 불을 붙인 것이었다. 말도 안 되지만, 그는 그렇게 해서라도 세상을 멈추게 한 것이었다. 뼈와 살이 녹아드는 극한의 고통에 기도가 끊이지 않도록 일찌감치 신을 협박한 것이었다. 나를 위해서였다. 그는 나로 인해 파계했고 기꺼이 외로운 늑대가 된 것이었다. 그래서 그의 깨달음을 알리는 것은 이제 온전히 내 몫이었다. 그의 깨달음은 바름이었다.

대한민국 국민에게 고합니다.

저는 이미도입니다.
금년 쉰 살로 18년을 공직에 복무했고, 천마산 토굴에서 6년을 수행했습니다. 공직을 선택했던 것은 부친의 유언을 따른 것이었고, 머리를 깎은 것은 삶이 허망해서였습니다. 공직이 건강해야 나라가 건강하다며 청렴하고 공정해야 한다는 부친의 유지를 신조처럼 따랐지만, 전 파면이란 불명예를 안고 공직에서 쫓겨나야 했습니다. 사유는 성희롱이었지만, 진실은 기관장의 비위를 바로잡다가 쓴 누명이었습니다.

수행의 길도 순탄치는 않았습니다. 머리 깎고 납의는 걸쳤다지만, 구족계를 받지 못했으니 중으로서도 인정받지 못한 셈입니다. 속세의 인연을 끊지 않았다는 이유에서였습니다. 그래도 사람이 무엇으로 살아야 하는지 깨달음 하나는 건졌으니 감사할 뿐입니다.

그것은 바름이었습니다. 물은 아래로 흘러야 하고 물고기는 그 물을 거슬러 올라야 하는 것처럼, 바름은 응당 그래야만 하는 것들의 약속이었습니다. 살아 있다는 것은 에너지를 소비하는 일입니다. 사람이든, 동물이든, 문화든, 기술이든, 폭력이든 모두가 에너지였습니다. 서로가 서로를 소비해야 하는 것이었습니다. 그래서 부조리였습니다. 그렇지만 응당 지켜져야 할 것들은 지켜져야 합니다. 그래야 모두가 살 수 있기 때문입니다. 그것이 바로 바름이었습니다. 바름은 법과 양심이었습니다.

그러나 우리는 바름을 방기했고, 세상은 붕괴하기 시작했습니다. 응당 그래야 할 것을 그리하지 못했기 때문입니다. 그 결과는 예상보다 빠를 우리의 멸절입니다. 하지만, 제가 두려운 것은 그 고통을 우리 후손들이 겪어야 한다는 사실입니다. 인류의 멸절에 아무런 책임도 없는 그들이 말입니다.

그래서 전 세 가지를 말씀드리고자 합니다.

첫째는 지도자입니다. 지도자의 기본은 바른 품성입니다. 통찰력도 식견도 탁월해야 하지만, 기본이 바르지 않은 사람은 반드시 상처를 남길 것이기 때문입니다. 이는 과거를 돌아보시면 충분히 알 수 있는 일입니다. 윗물이 고와야 하는 것은 물만이 아니었습니다.

둘째는 여러분입니다. 여러분의 삶도 바름이어야 한다는 말입니다. 지금은 여러분의 공동체를 위해서지만, 궁극은 여러분을 위해서라는 것을 잊지 말아야 합니다. 수만 년 전, 어쩌면 그보다 훨씬 전부터 바름은 호모 사피엔스에게 선택의 여지가 없는 길이었습니다.

셋째는 '바만사'를 찾으십시오. '바만사'는 바른 사람들이 모인 곳입니다. 그들의 대표는 영계를 다녀왔습니다. 바름은 그가 영계로부터 받은 메시지입니다. 저는 아주 특별한 인연으로 그를 만나 바름을 깨달았습니다. 바름만이 모두가 더불어 사는 길이었습니다.

2023. 1. 25.
이미도 드림

겨울 강변을 스쳐 온 바람은 매웠다. 하얗게 말라 버린 잔디밭을 그 바람이 쓸고 갔다. 용케 바서지지 않은 쑥부쟁이들이 날 선 바람에 위태롭다. 서걱서걱. 그들이 울고 있다. 그래도 그들의 겨울나기는 의연한 편이다. 곧 봄이 옴을 알아서일까. 고작 한 뼘의 뿌리로 참 모질게도 버텼다. 꽁꽁 말라비틀어진 몸으로 서걱서걱 그들과 함께 나도 울었다.
　강둑에 앉아 미도의 편지를 읽고 또 읽었다. 바람이 불 때마다 쑥부쟁이처럼 서걱서걱 울었다. 오늘이, 어제가, 모두 꿈결만 같다. 백 년의 삶을 곧추 쌓는다면, 스무 개만 쌓아도 2천 년이다. 고작 스무 개의 삶만 거슬러 올라도 하느님의 아들을 만날 수 있다는 말이다. 떡 다섯 개와 생선 두 마리로 5천 명이 배불렀다던. 백 년의 삶 중 50년을 겹쳐도 마흔 개이고, 넉넉하게 25년을 겹쳐 쌓아도 여든이면 충분하다. 인류사라는 이어달리기에서 고작 여든 개의 삶만 건너뛰면 예수의 시대란 뜻이다. 100개도 이어지지 않은 삶인데, 우리는 벌써 그분의 사랑을 왜곡했다. 오병이어의 기적이 필요 없는 풍요가 세상 곳곳에서 시커멓게 썩어 가고 있다.

미도는 2억 년을 존속했던 공룡이 멸종해도 신은 눈길 한 번 주지 않았다고 했다. 그랬던 신이 영계를 노출한 까닭은 의도였다고 했다. 하지만, 그때는 몰랐었다. 그분이 신의 아들이었던 것처럼, 우리도 사랑을 품은 영적 존재라는 것을. 그러나 우린 사랑의 소중함을 깨닫지 못했다. 2억 년을 살았던 공룡들은 그 엄청난 덩치로도 그렇게 겸손했는데, 우린 불과 6백만 년 만에 지구를 콘크리트와 플라스틱으로 뒤덮어 버렸다. 제 생의 반도 살지 못한 생명들을 닥치는 대로 도살해 식탁에 올렸다. 어린 살이 연하고 맛이 좋다는 이유에서였다. 그러고도 우린 우리에게 사피엔스라는 이름을 붙였다. 그 어디에도 세상에 대한 책무는 없었다.

좀 쉬라는 유기상의 말을 듣지 않고 난 다시 병원을 찾았다. 미도의 장례는 치러야 할 것이기 때문이었다. 이미 죽은 자에게 장례가 무슨 위로가 될 수 있을까마는 그래도 향은 피우고 절은 올려야 할 것 같아서였다.

사무실에 들어서니 나보다 먼저 온 여인이 있었다. 여인은 장례식장 직원과 무언가를 상의하던 중이었다. 탁자에 올려진 것은 장례식 비용을 정리한 카탈로그였다. 난 대번에 그녀가 미도의 미망인임을 알아보았다. 다른 가족도 없이 중년 부인 혼자라는 것도 그랬지만, 무엇보다

창백한 얼굴에 서린 결기가 그래 보였다.

"어떻게 오셨습니까?"

여인에게 뭔가를 설명하던 장례식장 직원이 앉은 채로 물었다.

"아, 예. 그러니까 저는 이미도 님의 후견인입니다."

얼떨결에 나온 말이었다. 가족이나 친족도 아닌 후견인이라는 소리에 직원과 여인이 동시에 나를 올려다보았다. 창백하게 굳은 여인의 얼굴에 급속하게 의혹이 서렸다. 직원이 그녀와 나를 번갈아 보더니 입을 열었다.

"이분이 고인의 미망인이신데 후견인이라면…"

"아, 그러시군요. 저는 미도 스님과 사제지간이랄 수도 있고 동지라고도 할 수 있습니다. 전 바른 사회를 만드는 사람들이라는 단체의 이정휘 대표입니다."

난 단숨에 내 소개를 했다. 왠지 그래야만 할 것 같아서였다. 유기상도 얼른 바만사의 명함을 건네며 허리를 깊이 숙였다. 얼떨결에 계약은 미루어지고, 우린 미망인과 장례식장 앞 카페에 마주 앉았다. 분신 사건이었지만 분신 사유가 명확한 당사자의 편지가 있었고, 더욱이 고인의 부인이 조속한 처리를 요청했기에 장례는 바로 치를 수 있었다고 했다.

난 장례비용 일체를 바만사에서 부담하겠다고 했지만, 미망인은 장례식만이라도 자기 손으로 하고 싶다고 해서 더 이상 권할 수가 없었다. 그렇다고 고인의 평소 소신에 따라 묘지를 만들 수도 없어 우린 수목장을 하기로 했다. 대신 추모목은 고인이 머물렀던 보덕암의 늙은 상수리나무로 정했다. 이왕이면 그의 숨결이 묻어 있는 곳에 잠들게 하고 싶어서였다.

그러나 따지고 보면 그것 역시 산 자들의 핑계일 뿐이었다. 죽음으로

서 영과 육은 이미 무관해졌기 때문이었다. 한때 몸을 이루었던 세포들은 수소, 산소, 탄소, 질소로 흩어지면 그뿐이었다. 그냥 그대로 자연의 일부가 되는 것이었다. 따라서 죽은 자를 위한 시설은 없어도 무방했다. 죽은 자는 오로지 산 자의 마음에만 있기 때문이었다. 그러나 나는 기꺼이 미망인의 의사를 존중했다. 미도는 미망인에게도 나에게도 특별했기 때문이었다.

엔딩 노트

고시원 화단의 목련이 잎보다 먼저 꽃을 피우려 했다. 터질 듯 부푼 꽃봉오리에 눈물처럼 빗물이 맺혔다. 아침나절 잠깐 지나간 이슬비의 흔적이다. 그래도 그것도 비라고 하얀 꽃봉오리들이 한층 실해 보인다. 그러고 보니 벌써 3월이다. 미도가 떠난 지도 두 달이나 되었다. 그날의 충격이 어제 일처럼 얼얼한데도 우리에겐 괄목할 만한 변화가 있었다. 그 변화는 지금도 진행 중이며 여전히 고무적이다. 이를테면 바만사 회원이 폭발적으로 늘고 있다든가, 각종 매체의 관심이 아직도 식지 않았다는 점이 그렇다. 바름에 대한 강의 요청도 쇄도해 요즘은 아예 밤새워 PPT 자료를 만들어야 할 정도다. 강의는 김현석 교수와 내가 전담했지만, 가끔은 유영이 도와주기도 했다. 이들은 모두 창립총회 때부터 같이 한 사이였고, 바름을 진정으로 아는 사람들이었기 때문이다.

특별한 일도 있었다. 미도의 미망인 김순정 선생이 우리 바만사에 합류한 것이었다. 남편의 뜻을 잇겠다며 스스로 결정한 일이었지만, 솔직히 내 마음은 편치 않았다. 대학 때부터 몸담았다던 사회복지 법인을 선뜻 그만둔 것도 마음에 걸렸지만, 무엇보다 미도가 그녀를 버렸다는 생각 때문이었다. 그러나 그녀는 이름처럼 순수했다. 부처님도 그랬고, 만해 스님도 그랬고, 성철 스님도 그랬다며 늦게야 서원이 선 걸 어쩌겠냐는 거였다. 외려 비구의 길에 방해가 된 자신이 미안할 뿐이라고 울먹였다.

다만, 불교계의 입장은 없었다. 공식적으로 계를 받지 못했으니, 어느 종단에도 소속되지 않았다는 것이 이유였다. 그러나 언론은 일제히 '승려의 소신공양'이라는 제목을 달았었다. 이제는 필수품이 된 핸드폰 덕분에 이 믿을 수 없는 광경이 상세하게 촬영되었기 때문이었다. 그만큼 반응은 뜨거웠다. 속세를 떠난 승려가 속세를 위해 분신까지 했다는 점에서 특별했기 때문이었다. 그래서일까. 국회부터 시작된 자정 움직임은 들불처럼 각계각층으로 번져 나갔다. 더욱이 그가 누명으로 옷을 벗어야 했던 공직자 출신이었다는 사실과 그에게 누명을 씌웠던 사람이 민사당 현직 국회의원 정광래라는 사실은 들끓는 여론에 기름을 부었다. 검찰에서는 즉시 수사에 착수했고, 정광래는 모든 공직을 사퇴해야 했다. 민사당 전당대회를 불과 일주일 앞두고서였다.

영상은 2분 정도였다. 차마 볼 수가 없어 이제야 본 영상에는 정말 미도가 가부좌를 한 자세로 불타고 있었다. 보덕암 상수리나무 밑 너럭바위에서의 그 자세 그대로였다. 불과 수 초였지만, 완연히 드러난 그의 얼굴은 믿을 수 없도록 평화스러웠다. 이내 그의 온몸은 불길에 휩싸여 더 이상 그의 표정은 볼 수 없었지만, 분명한 건 그가 끝까지 그 자세를 유지했다는 것이었다. 용감한 누군가가 외투를 벗어들고 활활 타는 그에게 접근했지만, 어쩌지 못하고 발만 동동 구를 뿐이었다. 그가 쓰러진 건, 국회 방호원들이 난사한 소화액에 의해서였다. 불이 꺼지고서야 소리가 들렸다. 누군가의 울부짖음, 다급하게 119를 부르는 소리, 거친 호흡, 여자들의 비명… 사람들 사이로 잔하처럼 그가 보였다. 검게 그을린 그의 몸에서 쉴 새 없이 하얀 연기가 모락모락 피어올랐다. 쓰러져서도 가부좌를 한 자세 그대로였다.

'엑스터시 상태였을 겁니다. 뭔지는 몰라도 스님을 엑스터시 상태에 이르게 한 뭔가가 있었을 겁니다. 그게 마약이든, 아니면 다른 뭐든요.'
'불을 붙이기 직전, 스님은 이미 어떤 식으로든 죽음에 이르렀을 겁니다. 의지는 불길을 이긴다 해도 살아 있는 신경망은 절대 불길을 이길 수 없으니까요.'
'수행이 높으신 고승임은 확실합니다. 이미 육체를 초월하신 분에게 열과 냉이 무슨 소용이 있겠습니까.'
미도의 죽음을 두고도 세상의 견해는 분분했었다. 어떻게 산 사람이 불길 속에서도 그렇게 편안한 표정을 지을 수 있었는지, 어떻게 시종일관 그렇게 가부좌를 유지할 수 있었는지 이해할 수 없었기 때문이었다. 어쨌든 그는 그 사실 만으로도 이미 고승의 반열에 올라 있었다. 그러나 나는 알고 있었다. 그가 불길 속에서 그렇게 평화로울 수 있었던 것은 신의 개입이었다는 것을.

'딱 맞는 조건'과 '정확한 결합', 그것이 천생관물의 생성 원리입니다. 물론 우리도 그렇고요. 다만, 마음은 그렇지 않다는 것입니다. 왜냐하면, 마음의 본질은 원자가 아닌 영이니까요. 다시 말해 마음이 몸을 벗으면 영이고, 그 영이 다시 몸을 받으면 마음인 것입니다. 그래서 마음이나 영이나 모두 '나'인 것이지요. 뭐라고요? 그러면 그것이 윤회냐고요?

마음이 몸을 벗어 영이 되고, 그 영이 다시 몸을 받아 마음이 되니 윤회라고 할 수 있지요. 다만, 윤회는 천상과 지옥의 육도가 아니라 이 별 저 별, 혹은 이 우주 저 우주로 순환한다는 겁니다. 왜냐고요? 영은 마음집이 있어야 머물 수 있으니까요. 그 말은 여러분은 고양이로 환생할 수가 없다는 뜻입니다. 적어도 지구에서는 말이지요. 하지만, 우주라면 또 모르지요. 지구처럼 생명체가 살 수 있는 조건의 행성은 너무도 많으니까요. 과학자들은 그곳을 골디락스 존이라고 부른답니다.

　우주에도 사람이 사느냐고요? 당연하지요. 왜냐하면, 에너지 보존의 법칙처럼 영의 총합도 일정해야 하니까요. 무슨 뜻이냐고요? 우주, 그러니까 현상계의 마음과 영계의 영에 총합은 일정해야 한다는 거지요. 이를테면 상보관계라고나 할까요. 마치 제로섬게임처럼요. 한쪽이 많아지면 다른 한쪽이 줄지만, 전체로서 영은 항상 그만큼이라는 겁니다. 왜냐하면, 영은 만들어지거나 소멸하는 것이 아니니까요. 그렇지만, 형상은 별마다 다를 겁니다. 호모 사피엔스든, 에일리언이든, ET든 마음집을 가진 존재들 말이에요. 이제 이해하시겠어요?

　뭐라고요? 그렇다면 왜 우린 전생을 기억하지 못하냐고요? 이 별 저 별을 순환했다고 하면서요? 그리고 왜 그렇게 각자의 능력에 차이가 있느냐고요? 그건 이렇게 생각해 보면 어떨까요. 하나의 별과 영계는 한 사이클이라고요. 각각의 사이클마다 기억은 리셋되는 거고요. 제가 처음에 딱 맞는 조건과 정확한 결합을 말하지 않았나요? 조건과 조건에 따라 능력의 차이는 필연이라고요. 하늘을 담으면 하늘이 되고, 바다를 담으면 바다가 되는 것처럼요.

　분명히 말하지만, 아무것도 없는 곳에서는 그 무엇도 나올 수가 없습니다. 그래서 존재의 제1 원인은 신이어야 한다는 겁니다. 그것은 명확

합니다. 다만, 그 신은 우리가 알고 있는 긴 수염의 할아버지는 아닐 거라는 겁니다. 문제는 신의 모습이 아니라, 우리는 우리끼리 살아야 한다는 것입니다. 왜냐하면, 신은 우리 일에 개입하지 않을 테니까요. 내일 당장 지구의 종말이 온다고 해도요.

그러면 어떡하냐고요? 어떡하긴요. 살아야지요. 그래서 인류는 법을 만들었잖아요. 어떻게든 살아 보려고요. 그래서 바름인 거지요. 법과 양심 말이에요. 우리가 살아가는 데 이보다 더 현실적이고 효과적인 수단이 있을까요?

그래서 법이 최선이었냐고요? 하긴, 법도 큰 폭력 앞에서는 무력했지요. 그렇지만 아무리 큰 폭력도 우리 전부를 제압하지는 못했잖아요? 시퍼런 양심을 가진 사람들은 어디든 있었으니까요. 그들은 여전히 살아남았고, 여전히 공공선을 추구했지요. 적어도 지금까지는요.

그러면 앞으로는 그런 사람들이 없을 거냐고요? 유감이지만 그렇습니다. 왜냐하면, 우리에겐 그럴 수 있는 시간이 없을 테니까요. 그러기에는 우리가 너무도 많은 핵을 가졌으니까요. 지구를 열 번도 더 파괴할 만큼이나요. 아마도 투하 준비를 이미 끝낸 핵만으로도 지구 생태계는 완벽한 멸절일 겁니다. 그래서 바름이 시급하다는 거고요. 알겠어요?

대책이요? 당장은 지도자들의 양심과 통찰력에 기댈 수밖에요. 솔직히 미덥진 못하지만요. 하지만, 근본적으로는 우리가 바름을 회복하는 것이지요.

'매일 아침 우리는 수만 마리의 가축을 살육해 식탁에 올린다. 그 가축들은 대게 수명의 반도 살지 못하고 죽임을 당한 것들이다. 우리가 연한 육질을 선호한다는 이유에서다. 하지만, 우린 그들의 죽음에 대해

대체로 무감하다. 그것은 주말마다 신을 찾는 사람들도 마찬가지다. 육식을 금하는 사람들도 있긴 하지만, 그들 또한 무언가의 죽음을 먹어야 산다. 식물이 그 대상이다. 비명만 지를 수 없을 뿐 식물도 생명이다.'

 우린 이렇게 남의 희생에 의지해 살 수밖에 없습니다. 그래야 생존할 수 있으니까요. 소나, 돼지나, 닭이나, 그들을 도살하는 우리나 생명은 하나입니다. 원자에서 다시 원자로 돌아가는 과정이 그들은 수개월에서 수년이고, 우린 백 년이란 것만 다릅니다. 우리의 식도락을 위해 그들이 우리의 식탁에 올려지는 것은 그래서 불공평합니다. 그러나 그것이 우리가 살아가는 방식입니다. 우리가 그렇게 법으로 정했기 때문입니다. 그렇다면 그것은 바름입니다.
 알겠어요. 좋아요. 그럼, 법만 지키면 된다는 말인가요?
 대개는 그렇지만 완전하지는 않습니다. 왜냐하면, 우리에겐 양심이 있으니까요. 양심은 디케의 저울과 같아 무엇이든 올려놓아야 합니다. 그래서 균형이 맞을 때만 바름이라 할 수 있으니까요. 언젠가 여러분들이 몸을 벗으면 그때는 알 겁니다. 왜 법과 양심인지를요.

 내일 강의는 중앙경찰학교였다. 신규 임용되는 경찰관들이 대상이었다. 그들은 업무의 대부분을 법과 함께하는 사람들이었다. 가장 공정해야 할 직업이기에 그만큼 더 취약할 수도 있었다. 가장 경계해야 할 것은 스스로 신이 되는 것이었다. '네 죄를 사하노라.' 이른바 권한 남용이었다. 애초 인간에게 그러한 권한은 없기 때문이었다. 벌써 언론에서는 광복절 특별 사면이 거론되고 있었다. 사면은 대통령의 권한이었다. 만약 대통령이 법을 초월해 사면을 강행한다면, 아! 그는 신의 영역을 침해하는 것이었다. 난 원고 끝에 한 줄을 첨가했다. 임마누엘 칸트의 말이었다.

'인간의 도덕 윤리가 성립하려면 사후생의 존재가 요청된다.'

작가의 말

그날 난 죽었었다. 죽음은 참 어이없었다. 아무런 예고도 없이 벼락처럼 찾아왔기 때문이었다. 천방지축 하룻강아지의 발에 밟힌 개미처럼, 난 그렇게 허망하게 죽었던 것이었다. 개미처럼 나도 어떤 이별도 준비하지 못했었다.

그러나 난 그날로 다시 돌아왔다. 돌아왔다는 것은 내가 되살아났다는 의미다. 말 같지 않은 소리라 할지 모르겠지만, 난 분명히 되살아났고 지금까지 이렇게 숨을 쉬고 있다. 심장이 멈춘 지 무려 한 시간 만이었다. 그 말은 적어도 그 시간 동안은 내가 죽었었다는 뜻이다. 심장과 뇌가 기능을 멈추었으니, 그야말로 완벽한 죽음이었다.

죽음에 대한 세상의 패러다임은 불가역이다. 다시 살아날 수가 없다는 말이다. 그래서 난 이 사실을 공개하기에 앞서 긴 시간을 고뇌해야 했다. 그렇지만, 더 이상 머뭇거릴 시간이 없었다. 우려했던 대로 세상은 종말을 향해 치닫고 있었기 때문이었다. 급기야 부모와 자식이 서로를 상하게 하니, 폭력은 이제 정점이었다. 미사일이 하늘을 날고 수십만 명이 죽었다. 아이들과 여자들의 울부짖음이 대지를 찢어도 침략자들은 건배를 들었다. 그들의 기름진 면상엔 여전히 비릿한 미소가 걸려 있었다.

그래서 난 죽음이 끝이 아님을 밝히고자 한다. 내가 목격했던 대로, 죽음은 소멸이 아니라 새로운 시작이었음을 증언하려는 것이다. 얼마나 믿을지 모르겠지만, 내가 본 영계는 명확했다. 선악을 불문하고 영계로 드는 영들의 실체가 오롯이 드러나 있었기 때문이었다. 심판은 참회였다. 참회의 방식은 지극히 원시적이고 단순해 보였다. 얼핏 함무라비 왕의 신탁처럼 눈에는 눈, 이에는 이로 보이기도 했지만, 분명한 것은 그 차원을 넘어섰다는 것이다. 따라서 디케의 저울도 칼도 그곳에선 무용했다. 그곳은 뿌린 만큼 거둬야 하는 곳이었다.

우리는 그래서 아무렇게나 살아서는 안 되는 존재들이었다.

이 글은 내 죽음에서 시작했지만, 그렇다고 죽음에 관한 이야기는 아니다. 이 이야기의 본질은 어떻게 사느냐의 문제이기 때문이다. 하지만, 신이 없는 세상을 미완의 존재인 우리가 우리끼리 살아간다는 것은 항상 위태롭다. 어떤 지도자도 폭력과 부조리로부터 우리를 온전히 지켜 내지 못할 것이기 때문이다. 여전히 우린 언제, 어디에, 어떻게 태어나느냐에 따라 살 수도 죽을 수도 있었다. 세상은 늘 그렇게 불공평한 곳이었다.

우리 우주는 수천억 곱하기 수천억 개의 별로 가득하다. 우리는 그

중, 그렇고 그런 별에 딸린 한 행성에 산다. 항상 푸르게 빛나는 그 행성의 이름은 지구다. 우연처럼 우리 지구에 생명이 출현했던 건 38억 년 전이다. 그동안, 이 땅을 다녀간 생명종은 셀 수도 없다. 수십 미터 땅속에 화석으로 누웠거나, 살아 있거나, 혹은 새로 생겨난 종들은 모두 '생명의 나무'에 적을 두었다. 아무리 가지가 무성해도 뿌리는 하나라는 것이다. 다시 말해, 모든 생명은 결국 하나의 공통 조상에서 진화했다는 의미다. 그 공통 조상은 세포막조차 가지지 못했던 원핵세포다.

그래서 과학은 우리가 그들과 다르지 않다고 단정한다. 탄소, 산소, 수소, 인, 질소 황… 같은 원소로 이루어진 생명체란 점에서 코끼리와 생쥐가 다를 수 없다는 논리다. 하루살이와 우리도 마찬가지다. 몸을 이루었던 원자가 다시 원자로 돌아가는 시간이 그들은 하루일 뿐이고, 우린 백 년이라는 것이다. 똑똑하고 덜 똑똑한 것은 세포의 배열과 창발일 뿐이라고 했다.

과연 그럴까? 어느 날 갑자기 난 내 의지와 무관하게 영계로 들었다. 죽었기 때문이었다. 그곳은 지구에서는 볼 수 없었던 원색의 푸른 초원과 아름다운 꽃들로 가득했다. 초원을 쓸어 온 바람은 향기로웠고, 햇볕은 솜털처럼 부드러웠다. 그야말로 완벽한 평화였다.

죽어서야 나는 내가 마음이고 영이라는 것을 알았다. 살아서도 죽어서도 나는 나였다. 유일하게 마음집을 가진 존재, 나는 호모 사피엔스였다. 그래서 난 코끼리, 생쥐, 하루살이와 다른 존재였다. 죽음으로 몸을 벗어 영이 되고, 영은 다시 누군가의 몸을 받아 마음이 되니, 죽음은 단절이 아니라 새로운 시작이었다.

수천억 개의 별로 이루어진 은하, 다시 또 그만큼의 은하로 구성된 우주를 순환하며 나는 나로 존재할 것이었다. 호모 사피엔스든, ET든, 에일리언이든 나는 나일 것이었다.

그래서 우리는 아무렇게나 살아서는 안 되는 존재들이었다. 누군가는 우리를 DNA의 운반자일 뿐이라고 했지만, 우리는 운반자가 아니라 주인이었다. DNA는 38억 년을 이어 온 우리 몸의 설계도일 뿐이었다.

따라서 이 이야기는 우리가 어떻게 살아야 하는가에 대한 질문이며 답이다. 전지전능의 신은 지금까지 그랬던 것처럼, 앞으로도 우리 일에 개입하지는 않을 것이기 때문이다. 우리는 지구 생태계 최정점의 존재다. 그것은 우리에게 우리 생태계를 지켜야 할 책무가 있다는 뜻이다. 그런데도 우린 다른 어떤 종보다도 신속하게 지구를 위험에 빠트렸다. 불과 수백 년 만에 콘크리트와 플라스틱, 핵으로 청정 지구를 뒤덮은 것이다. 추운 여름과 더운 겨울, 체르노빌과 후쿠시마가 보내는 메시지는 자명하다. 지금 당장 멈추지 않으면 우리는 여기까지란 의미다.

그렇다고 선하게 사는 것만으로는 이제 우리 지구를 구할 수가 없다. 이제 와서 문명을 떠나 자연으로 돌아간다고 해결될 일도 아니다. 그렇지만 어떻게든 살아야 한다. 이 이야기는 그것을 깨달아가는 과정이다. 그렇다면 이 글은 소설이 아니라 인류의 삶과 죽음에 관한 보고서다.

"어떻게 살아야 하는지 깨달음 하나는 건졌으니, 그것은 바름이었습니다. 물은 아래로 흘러야 하고 물고기는 그 물을 거슬러 올라야 하는 것처럼, 바름은 응당 그래야만 하는 것들의 약속이었습니다. 살아 있다는 것은 에너지를 소비하는 일입니다. 사람이든, 동물이든, 문화든, 기술이든, 폭력이든 모두가 서로의 에너지였습니다. 서로가 서로를 소비해야 하는 것이었습니다. 그래서 부조리였습니다. 그렇지만 응당 지켜져야 할 것들은 지켜져야 합니다. 그래야 모두가 살 수 있기 때문입니다. 그것이 바로 바름이었습니다. 바름은 법과 양심이었습니다."

2025. 9.
하늘재에서 이종열

별로가다

ⓒ 이종열, 2025

초판 1쇄 발행 2025년 12월 5일

지은이	이종열
펴낸이	이기봉
편집	좋은땅 편집팀
펴낸곳	도서출판 좋은땅
주소	서울특별시 마포구 양화로12길 26 지월드빌딩 (서교동 395-7)
전화	02)374-8616~7
팩스	02)374-8614
이메일	gworldbook@naver.com
홈페이지	www.g-world.co.kr

ISBN 979-11-388-5031-5 (03810)

- 가격은 뒤표지에 있습니다.
- 이 책은 저작권법에 의하여 보호를 받는 저작물이므로 무단 전재와 복제를 금합니다.
- 파본은 구입하신 서점에서 교환해 드립니다.